Björn Högsdal, Johanna Wack (Hrsg.)
LAST EXIT BABYKLAPPE

Björn Högsdal
Johanna Wack (Hrsg.)

LAST EXIT
BABY
KLAPPE

Ein Lesespass
für die halbe Familie

1. Auflage Juni 2013

© Satyr Verlag Volker Surmann, Berlin 2013
www.satyr-verlag.de

Cover-Illustrationen: Markus Freise (www.freise.de)
Druck: CPI Moravia
Printed in Czech Republic

Die Deutsche Nationalbibliothek verzeichnet diese Publikation in der Deutschen
Nationalbibliografie; detaillierte bibliografische Daten sind im Internet abrufbar
über: http://dnb.d-nb.de

Die Marke »Satyr Verlag« ist eingetragen auf den Verlagsgründer Peter Maassen.

ISBN: 978-3-944035-08-6

Inhalt

Johanna Wack & Björn Högsdal: Vorwort 8

TEIL I
DIE ELTERN

1. Schwangerschaft und Geburt. Oder: Das machen wir nie wieder! 15
Björn Högsdal: Kindergedicht 15
Volker Surmann: Kalendarisches Problem 16
Xóchil A. Schütz: BÖSE 17
Johanna Wack: Das hässliche Baby 19
Jörg Schwedler: Die Geburt. Oder: Das machen wir
nie wieder! 22
Sebastian 23: Sternengucker 27

2. Das neue Leben. Oder: Das hatten wir uns anders vorgestellt! 31
Björn Högsdal: Spielgruppe 31
Johanna Wack: Die perfekten Kinder 34
Heiko Werning: Aus dem Tagebuch eines jungen Vaters 37
Mieze Medusa: Mama. Oder: Aber nicht nur 41
Kirsten Fuchs: Elternsex 46
Björn Högsdal: Disstrack gegen meinen acht Monate
alten Sohn 50
Jochen Reinecke: Take a Walk on the Wild Side 51
Johanna Wack: Das kranke Kind 56

3. Erziehungsfragen. Oder: Hilfe, das stand so aber nicht im Ratgeber! ... 57

Marc-Uwe Kling: Die Lektion ... 57
Björn Högsdal: Gewaltfreie Erziehung ... 58
Heiko Werning: Eigenes Tempo ... 60
Andy Strauß: In Erwägung mangelnder Entwicklung ... 63
Ralph Weibel: Babyklappe ... 68
Jacinta Nandi: Was soll das? ... 71
Achim Leufker: Ich wünsche mir Kinder – ich will sie nur nicht treffen ... 77
Björn Högsdal: Tough Love ... 81
Udo Tiffert: Entschuldigung an Dustin ... 84

4. Fremdbetreuung. Oder: Nimm du das mal! ... 87

Johanna Wack: Elternabend im Kindergarten ... 87
Jess Jochimsen: Wenn Eltern sprechen ... 91
Daniela Böhle: Dunant-Grundschule ... 94
Kirsten Fuchs: Erdbeermütze ... 98
Jakob Hein: Qualitätszeit ... 102

TEIL II
DIE ANDEREN

5. Die Kinder der Anderen. Oder: Echt süß! Kann ich jetzt gehen? ... 107

Volker Surmann: Die Telefonistin ... 107
Dagmar Schönleber: Warum man nicht vor dem ersten Kaffee aus dem Haus gehen sollte. Oder: Yeiyeiyei! ... 108
Liefka Würdemann: Der Geburtstag ... 114
Patrick Salmen: Von Kindern und Rasenmähern. Oder: Die Ästhetik des Aktenvernichtens ... 120
Michael-André Werner: Das Leihkind ... 125
Hazel Brugger: Im Namen des Fötus, des Hohnes und des ewigen Spottes – Eine Kindheitsbewältigung ... 130

6. Die Nerven. Oder: Entschuldigung? Ich fürchte, Ihr Kind ist defekt. 133

Volker Surmann: American Airsleep 133
Björn Högsdal: Ästhetische Ökonomie 133
Sabrina Schauer: Durch die Augen einer Kinderlosen 134
Volker Surmann: Ich hab ein Kind im Ohr 138
Matthias Reuter: Muttertag 142
Björn Högsdal: Kino mit Kind 147

7. Die Reklamation. Oder: Beschwerden gegen meine Person richten Sie bitte an meine Eltern. 150

Christian Ritter: Schwerer Gewohnheitsfehler 150
Lea Streisand: Weihnachten in Familie 153
André Herrmann: Hauptsache, nicht arbeiten 157
Michael Bittner: Einen Kopf kürzer 163
Anselm Neft: Ganz schön viel zu tun 167

8. Die Metamorphose. Oder: Schatz, wir machen das aber anders als Torben und Maria! 171

Christian Bartel: Lampe, Pfeffermühle, Kind 171
Torsten Wolff: Mein Sohn 175
Michael-André Werner: Fass meinen Bauch an 179
Sabrina Schauer: Ich habe keine Kinder 183

Die Autorinnen und Autoren 187

Vorwort

*»Die Kinderzahl ist die Anzahl der Kinder in einer Ehe
oder die Anzahl der Kinder einer Person (aus mehreren
Ehen plus nichteheliche Kinder)«* — Wikipedia —

Johanna Wack — Kinderzahl: 1

Als ich schwanger war, traf ich eine junge Mutter. Mit grau-blauen
Rändern unter den Augen und einem dazu eigentlich überhaupt
nicht passenden Strahlen darin sagte sie: »Das Kind wird dein
ganzes Leben verändern.«

»Ja, ja«, hab ich gedacht. »Deins vielleicht. Meins nicht.«

Dann kam der Schock. Also die Geburt. Das Kind. Und zack!
war mein Leben nicht mehr meins. Ich hatte wirklich alles unterschätzt: die Schmerzen der Geburt, den Schlafmangel, das
Immer-da-sein-müssen, die Langeweile, die Verantwortung, die
alles einnehmende und überwältigende Liebe. Das Schönreden
und das Nicht-die-Wahrheit-sagen-dürfen. Die Schwierigkeiten,
die sich aus dem Elternsein am Arbeitsplatz und im Freundes-
kreis ergeben. Die Menschheit teilte sich ab sofort in zwei Kate-
gorien: »Eltern« und »die Anderen«. Ich hatte große Schwierigkeiten, mich an all das zu gewöhnen.

Mehr als einmal habe ich mir mein altes Leben, meine alte
Freiheit, das Nur-Tochter-sein zurückgewünscht. Nicht, dass ich
mein Kind hätte hergeben wollen oder können. Ich wollte nur
manchmal einfach die Zeit zurückdrehen und das Elternsein auf
später verschieben.

Ich hatte vorher nicht sonderlich viel Rücksicht auf mein Leben, meinen Körper und meine Mutter genommen. Wäre ich überfahren oder überfallen worden oder sonstwie zu Tode gekommen, wäre das zwar ziemlich blöd gewesen, aber na ja ...

Jetzt war es etwas völlig anderes, ich musste auf mich aufpassen, weil ich meinem Kind nicht die Mutter nehmen wollte. Ich befand mich auf der Einbahnstraße Elternsein, und die bestand aus der Ambivalenz zwischen Liebe und totaler Überforderung, zwischen Aufopferungswillen und dem eigenen Unvermögen, zwischen Erwartungen und Realität.

Und dann gab es da natürlich noch die ganzen absurden und komischen Erlebnisse, die anderen Eltern, die Ratgeber, die Kinder – und hatte ich schon die anderen Eltern erwähnt?

Ich tat, was ich immer tue: Ich schrieb Texte darüber.

Nach einigen Jahren hatte ich Folgendes:

1. eine wundervolle, große und selbstständige Tochter und
2. einige Texte über die komischen Seiten des Elternseins.

Und: Ich war nicht allein. Es gab noch mehr Autoren aus der Poetry-Slam-, Lesebühnen- und Literaturszene, die auch Texte über Kinder, über Eltern und übers Elternsein geschrieben hatten. Als Björn mich fragte, ob wir gemeinsam eine Anthologie zu diesem Thema herausgeben wollen, war die Antwort sofort klar.

Meine Tochter ist jetzt groß, sie wird dieses Jahr eingeschult. Heute Morgen saßen wir am Frühstückstisch:

»Mama, darf ich Gummibärchen?«

»Natürlich nicht!«

»Und zum Nachtisch?«

»Es gibt doch keinen Nachtisch nach dem Frühstück.«

»Warum nicht? Das ist total ungerecht, dass es Nachtisch nach dem Mittagessen gibt, aber nach dem Frühstück nicht.«

»Das ist aber so. Weil ...«, ich suchte nach einem vernünftigen Argument, »weil ... ich es sage.«

»Aber du bestimmst nicht über mich!«

Ich seufzte: »Ich mach dir einen Vorschlag: Du kriegst nach dem Mittagessen Gummibärchen. Aber dafür ist jetzt Schluss mit dieser Diskussion.«

»Das ist Erpressung!«

»Nein. Wenn Eltern das machen, nennt man das Erziehung.«

»Ich will aber jetzt Gummibärchen.«

»Tja«, sagte ich, »das Leben ist hart.«

Meine Tochter sah mich aus zusammengekniffenen Augen an: »Für dich vielleicht, Mama! Für mich nicht!«

Manchmal weiß sie gar nicht, wie recht sie hat.

Björn Högsdal – Kinderzahl: 2

Warum mein Sohn keine Milch mehr trinkt? Da muss ich ausholen. Einmal am Tag gehe ich ins Wohnzimmer und schreie die Sessel an. »Ein Sessel muss wissen, wo sein Platz im Rudel ist«, habe ich meinem kleinen Sohn erklärt. Die Couch sei im sozialen Gefüge der Wohnung das dominante Sitzmöbel, der Alphasessel. Dann erzählte ich meinem Sohn die Geschichte, wie seine Mutter und ich vor vielen Jahren zusammen mit etwa zwanzig der härtesten Couchboys jenseits von Möbel Kraft in Westschweden unterwegs waren, um Wildmöbel zu fangen – dort, wo auch die Leute von Ikea auf die Jagd gehen. Und wie wir die Möbel gezähmt haben. So etwas erzähle ich ihm nicht, weil ich gerne lüge. Das wäre nur ein Teil der Wahrheit. Vielmehr wünsche ich mir, dass mein Kind in einer Welt der Wunder aufwächst. Einer Welt, in der nichts unmöglich scheint. Im Geschirrspüler leben kleine Abwaschgnome, und Windräder produzieren gar keinen Strom. Im Gegenteil, man pumpt Unmengen Energie rein, damit die Propeller sich drehen und dadurch die Erdrotation am Laufen halten. Erdbeben sind planetarer Schluckauf, Wind entsteht dadurch, dass Bäume wedeln, und Milch ist eben das Pipi von Kühen.

Dass man sich dem Leben gegenüber auf wirksame Weise mit Ironie wappnen kann, habe ich früh gelernt. Lernen müssen, da mein Vater von seinem Studium in England nicht nur eine Vorliebe für Fish & Chips mitgebracht hatte, sondern vor allem eine für britischen schwarzen Humor. Letzterer bildete das Fundament seiner Beteiligung an meiner Erziehung. Angeblich verstehen Kinder Ironie erst ab etwa dem achten bis zehnten Lebensjahr, doch dem Vorbild meines Vaters nacheifernd habe ich erreicht, dass mein fünfjähriger Sohn nur noch die Hälfte von dem glaubt, was ich ihm erzähle. Und das entspricht tatsächlich ziemlich genau dem Wahrheitsgehalt meiner Aussagen ihm gegenüber.

Dieses Buch ist kein Kinderhasserbuch. Kinder haben ist schön. Aber nicht immer. Es gibt in diesem Buch Geschichten, die Kinder aus der Hölle vorstellen, aber genauso solche über verplante Rabenväter, kampfbereite Übermütter und kinderfeindliche Umgebungen. Wir hassen Kinder nicht, wir finden sie nur manchmal furchtbar anstrengend und nervtötend. Wir dürfen das, wir sind Eltern. Und erstaunlicherweise reagierten im Vorfeld dieser Anthologie fast nur Menschen pikiert auf Ansatz oder Titel dieses Buches, die selbst (noch) keine Eltern sind.

Johanna Wack war vor einigen Jahren die erste Autorin, die ich auf Bühnen mit tiefschwarzen Geschichten über Kinder und das Muttersein erlebte. Sie wurde im selben Jahr Mutter, in dem auch mein erstes Kind auf die Welt kam, und seitdem hat uns beide das Thema Kind auch literarisch nicht mehr losgelassen. So war Johanna Wack auch meine Wunschpartnerin und die Erste, an die ich dachte als Mitherausgeberin dieser Textsammlung.

Es hat uns beiden sehr viel Spaß gemacht, uns durch die eingereichten Texte zu lesen, und wir danken allen Autorinnen und Autoren dafür. Wir haben oft Tränen gelacht.

Nicht als Entschuldigung, aber vielleicht als eine Erklärung für die Motivation zu manchen der Texte hier eine Episode aus meiner jüngeren Vergangenheit:

Neulich fixierte mein Sohn etwa zehn Minuten lang hochkonzentriert mein zugegebenermaßen markantes, nicht aber exorbitantes Kinn, wie ich festhalten möchte, und räusperte sich dann, um mir folgende Entdeckung mitzuteilen: »Papa?«

»Ja?«

»Du hast ein viel längeres Kinn als richtige Menschen.«

Ich finde, wer austeilen kann, muss auch einstecken können.

Johanna Wack und Björn Högsdal,
Kiel und Hamburg, April 2013

TEIL I
DIE ELTERN

1. Schwangerschaft und Geburt.

oder: Das machen wir nie wieder!

Kindergedicht

Björn Högsdal

Verhaftet Kinderhasser und senkt Babynahrung preislich,
steckt Raser in den Knast, und macht die Welt zur Zone 30
stoppt alle Kriege, haltet die Welt an –
ich und meine Frau, wir sind jetzt Eltern!

Wir haben euch und allen einen Heiland geboren,
makellos perfekt, von den Zehen bis zu'n Ohren.
Nicht dass ich Seuchen, Mord und Terror nicht lustig oder gut fand,
ich fordere nur für meinen Sohn die Welt in gutem Zustand.

Ab heute ist jetzt bitte mal mit Folgendem Schluss:
Alle hören auf sich zu hassen, und weder Wolken noch Fluss
werden weiterhin vergiftet, darum wird hier gebeten,
sowie 'ne Schaumgummischicht um den ganzen Planeten.

So viele Eltern sind gestraft mit hässlich öden Blagen,
manche stinken, reden Unsinn, stellen grässlich blöde Fragen.
Mein Sohn ist was Besonderes, teils da Vinci, teils Dalai Lama,
'ne Prise Shakespeare, etwas Clooney – na, bei dem Vater und
der Mama.

Was meint ihr mit »verhätscheln«, und was heißt »getrübter
Blick«?
Wenn ihr sagt, der Kleine beißt und nervt, sag ich, der übt Kritik.
Ihr meint, der schreit und spuckt und hat den Hund entstellt?
Ich find, der teilt sich freundlich mit – das Kind entdeckt die Welt.

Kalendarisches Problem
Volker Surmann

Wie viele Tagesdecken bilden eigentlich ein Wochenbett?

BÖSE

Xóchil A. Schütz

Eine Schwangerschaft ist BÖSE.
Ich mache den Kühlschrank auf und muss kotzen!
Ich putze mir die Zähne und muss kotzen!
Ich rieche Menschen und muss kotzen!
Eine Schwangerschaft ist BÖSE.
Und Essen ist eklig.
Alles Essen ist eklig!
Und ich hab' Hunger.
Das ist doch BÖSE!

Auch die Katze ist BÖSE.
Kaum bin ich schwanger, krieg' ich Asthma.
Wegen der Katze! Das ist BÖSE.
Und mein Mann ist BÖSE!
Der meinte wochenlang, ich stelle mich bloß an.
Aber der Lungenarzt stellt die Geräte an
und sagt nur: KORTISON!
Das ist doch BÖSE! In der Schwangerschaft!
Jetzt bin ich BÖSE. Mit Kortison kann ich nicht schlafen!
Ich bin scheißwach seit vierzehn Tagen! Das ist BÖSE!

Ich dachte, wenigstens das Kind in meinem Bauch sei gut.
Aber seit heute weiß ich: Es ist BÖSE!
Schon dreimal war ich jetzt beim Arzt
und wollte wissen, ob's ein Mädchen wird oder ein Junge –
und was macht das Kind?

Beim ersten Mal legt es sich auf die Seite,
beim zweiten Mal dreht es sich auf den Rücken,
beim dritten Mal kneift es die Beine fest zusammen –
und dann, dann überkreuzt es noch die Füße!
Das mit den Füßen ist doch wirklich BÖSE!

Besonders BÖSE bin natürlich ich!
Ich finde alles BÖSE und entspann' mich nicht!
Ich denke daran, dass schon meine Eltern BÖSE war'n.
Und deren Eltern waren BÖSE, weil sie Nazis war'n.
Ich denke daran, was heut' alles BÖSE ist:
Al Kaida, Attentäter, Banker, die nicht denken, nun, nicht gut,
In Syrien, Ägypten, Mali fließt das Blut und Blut und Blut
Die Welt ist BÖSE, ich bin BÖSE, BÖSE ist die Nacht. –
Aber besonders BÖSE ist ja wohl die Schwangerschaft!

Das hässliche Baby

Johanna Wack

Mein Sohn ist hässlich.

Schon vor seiner Geburt war mir klar gewesen, dass irgendetwas nicht hatte stimmen können: Mein Bauch war so groß gewesen, als hätte ich Drillinge erwartet, und anstatt dass ich kontinuierlich zugenommen hätte, hatte sich mein Gewicht umgekehrt proportional zu meinem Bauchumfang verringert.

Nachdem er auf die Welt geholt worden war, wurde mir klar, was es gewesen war: Er hatte mich ausgesaugt, um sich regelrecht aufzupumpen: 48 Zentimeter war er kurz, dafür aber 5.780 Gramm schwer.

»Sein Kopfumfang ist ganz normal«, sagte die Kinderkrankenschwester, »für einen Einjährigen.«

Er hatte meinen dürren Körper regelrecht auseinandergesprengt, ich brauchte Monate, um mich davon zu erholen, verziehen habe ich es ihm bis heute nicht.

Nie vergessen werde ich den Moment, als ich ihn das erste Mal sah. Der Moment, der von allen Müttern als der überwältigendste in ihrem Leben beschrieben wird, dieser Moment war für mich der größte Schock meines Lebens: Ich weinte und schrie. Auch der hässliche Sohn weinte und schrie, sein Schreien glich abwechselnd dem Brüllen eines Ochsen und dem Hupen einer Fahrradhupe: »Mööh!«, schrie er und: »Mööp!«

Die Schwestern kicherten mitleidlos und machten heimlich Fotos.

Immer wieder schlichen fremde Menschen in mein Zimmer,

um einen Blick auf meinen Sohn zu erhaschen, »Oh«, sagten sie dann, mit weit aufgerissenen Augen und fahler Gesichtshaut, oder: »Äh«.

Die Ärzte haben keine Erklärung für die Hässlichkeit meines Kindes. Mein Mann und ich sind völlig gesund, es liegt keine Stoffwechselkrankheit oder sonst irgendetwas Medizinisches vor, das die Hässlichkeit unseres Sohnes entschuldigen könnte.

Wir konnten auch nirgendwo Ähnlichkeiten feststellen, niemals hatte es in unseren Familien derartige Entgleisungen gegeben, im Gegenteil: Unsere Familien waren sogar außergewöhnlich schön, daher auch sein Name, auf den wir uns schon Monate vor seiner Geburt geeinigt hatten: Adonis.

Wir konnten die Schwestern und Ärzte im Flur vor Lachen brüllen und weinen hören, nachdem wir den Namen bekannt gegeben hatten, Adonis schrie »Mööh«, und mein Mann drückte meine Hand und sagte: »Das wird schon«, und ich weiß nicht, ob er mit »das« unseren Sohn oder die Reaktionen der anderen meinte.

Zunächst hatte ich noch die Hoffnung, dass Adonis, wenn er denn nun schon nicht schön war, wenigstens außergewöhnlich freundlich werden würde. Leider war das ein Trugschluss, das Gegenteil war der Fall. Mich wundert das nicht. Jedes Lächeln gefriert in den Gesichtern der Menschen, die ihn ansehen, und sie wenden sich schockiert von ihm ab. Viele fragen »Was ist das?«, die meisten sagen spontan »Ach, du Scheiße!«, anstatt »Ach, wie süß!« zu kreischen, wie ich das bei den Kindern meiner Freundinnen beobachtet hatte.

Infolgedessen war Adonis' erstes Wort: »Scheiße«.

Ich habe mich wirklich bemüht. Adonis trug nur die niedlichsten Babysachen, schließlich versuchte ich, ihn als Teddybären zu tarnen, all seine Mützen hatten Ohren, leider sah er damit auch nicht besser aus, vielmehr, als hätte Picasso einen fetten Bären gemalt.

Und irgendwann gab ich es einfach auf. Ich nannte es natürlich vor mir und den anderen nicht »aufgeben«, sondern »akzeptieren«. Mehr noch, ich akzeptierte seine Hässlichkeit nicht nur als einen Teil von ihm, ich begann, mich ihm in meinem Äußeren anzunähern, wurde zunehmend hässlicher, damit der Unterschied zwischen uns beiden nicht mehr so auffiel.

Ich duschte nicht mehr, trug riesige Blusen mit Blumenmustern darauf und schminkte mich grell und bunt. Ich begann, männliche Hormone zu nehmen. Meine Stimme wurde tiefer, und ich baute Muskeln auf. Auf Adonis schien ich zunehmend sympathischer zu wirken, immer öfter lachte er mich an und rief mit seiner hellen Stimme »Mööp! Scheiße! Mööp!«, und ich lachte mit meiner tiefen Stimme zurück und rief: »Adonis!«

Niemand lacht uns mehr aus. Wenn ich heute Adonis durch die Straßen Hamburgs fahre und wir merken, dass wir seltsam angeguckt werden, starren wir denjenigen an, Adonis blickt mit dunklen Augen aus der Karre und knurrt, ich tätschele seinen Kopf – und knurre auch. Man kann die Verwirrung in den Augen der Menschen sehen, einmal hörte ich eine Frau verängstigt flüstern: »Warum darf das mit dem durch die Straßen fahren«, es war eine von diesen Müttern, die ich mit einem normalen Kind auch geworden wäre, und ich rief: »Adonis, fass die Frau mit dem Tausend-Euro-Kinderwagen!«, sie kreischte auf, warf ihre Bionade in unsere Richtung und flüchtete in den nächsten Biosupermarkt.

Mittlerweile sind wir in ganz Hamburg bekannt. Man nennt uns »Die Transe mit Hund«. Niemand greift uns mehr an. Sogar Jugendgangs machen einen Bogen um uns. Und wenn ich andere Mütter, hübsche Mütter mit hässlichen Kindern in Bärchenkostümen sehe, dann hoffe ich inständig für sie und die Kinder, dass sie auch eines Tages dorthin kommen werden, wo wir jetzt sind: Wir haben viel Geld, da die ganzen Ausgaben für Schönheit und Statussymbole wegfallen, und genießen das Leben. Und ich bin, was ich nicht für möglich gehalten hätte: glücklich.

Die Geburt. Oder:
Das machen wir nie wieder!
Jörg Schwedler

Den ersten Teil der Nacht verbrachten wir mit dem Notieren von Uhrzeiten auf dem Rand einer Zeitung. Aus Funk und Fernsehen wusste ich, dass alle möglichen Menschen diese Informationen haben möchten: Sanitäter, Krankenschwestern, Hebammen und Taxifahrerinnen. Alle wollen die Abstände zwischen den Wehen wissen. Hauptsächlich notierte ich die Zeiten aber, weil ich nicht wusste, was ich sonst tun sollte. Die Tasche für das Krankenhaus war seit circa neun Monaten fertig gepackt und beim Versuch, die Wehen selbst wegzuatmen, wurde mir schwarz vor Augen. Also notierte ich die Zeiten auf dem Politikteil. 2:42 – »Du Schatz ... und du bist dir sicher, dass es echte Wehen sind? Du weißt, du hattest heute Abend einen Döner ...« Einen Fehlalarm möchte man auf jeden Fall verhindern.

2:48 – »Du Schatz, wir sind jetzt bei sechs Minuten.«

Sechs-Minuten-Abstände sind gut. Lang genug, um einen frühzeitigen Fruchtblasencrash zu verhindern, kurz genug, um im Krankenhaus nicht mehr nach Hause geschickt zu werden. Also rief ich ein Taxi, und die Fahrerin begann umgehend mit dem Perinatal-Smalltalk: »Und wisst ihr schon, was es wird?«

»Ein Junge«, sagte die werdende Mutter.

»Ach schööön! Und wie weit?«

»Ja, schon sehr weit für sein Alter!«, sagte ich.

»Nein, wie weit die Wehen auseinanderliegen?«

»Ach so, öh, sechs Minuten.« Sie nickte wissend, und fünfundvierzig Minuten später standen meine Freundin und ich vorm Kreißsaal.

Nun stieg bei mir die Aufregung, und ich wurde leicht nervös. Die Anmeldung verlief etwas stockend, da ich alle Fragen der Aufnahmeschwester selbstsicher mit »Sechs Minuten!« beantwortete. Familienname, errechneter Geburtstermin, Krankenkasse: alles »sechs Minuten«. Die werdende Mutter übernahm das Reden und schickte mich Getränke holen. Das beschleunigte die Anmeldung beträchtlich, und ich entdeckte den kostenlosen Kaffee. Schließlich wurden wir in ein Badezimmer verlegt. Karg eingerichtet mit einer Badewanne, einem Bett und einem Wehenschreiber, an den die Delinquentin auch umgehend angeschlossen wurde. Natürlich zog dieses einzige technische Instrument meine männliche Aufmerksamkeit auf sich. Zwanzig Minuten und zwei Kaffee später glaubte ich, auf dem Monitor einen Morsecode zu erkennen. Ich schrieb mit, und nach kurzer Zeit stand auf meinem Zettel der Satz: »Wählt nicht Chruschtschow!« Ich klingelte nach einer Schwester und zeigte ihr mit den Worten »Er ist schon sehr weit für sein Alter!« den entdeckten Code. Die Schwester schüttelte den Kopf, schaltete das Gerät ab und schickte mich Getränke holen.

Die Wehen wurden intensiver und die Intervalle kürzer. Trotzdem schien sich keine Schwester, geschweige denn eine Hebamme, für uns zu interessieren. Ich erfuhr, dass der Muttermund erst bei vier Zentimetern war und wir noch Zeit hatten. Ich nutzte die Zeit, trank einen weiteren Kaffee und schloss mich dann selbst an den Wehenschreiber an. Nicht wissend, dass das Gerät mit dem Schwesternzimmer verbunden war, bestaunte ich eine Zeit lang die lustigen Kurven, die das Gerät druckte. Der viele Kaffee auf den nüchternen Magen sorgte für Schwankungen, die auch im Schwesternzimmer nicht unbemerkt blieben. Sekunden später standen Oberärzte, Hebammen und Krankenschwestern in Kompaniestärke OP-fertig im Zimmer und bestaunten teils amüsiert, teils stinksauer, meinen Bauch. »Öhm, Funktionstest ...«, stotterte ich. Dann ging ich lieber Getränke holen.

Am Getränkestand erklärte ich einer Reinigungskraft ausgiebig, dass mein Sohn schon sehr weit für sein Alter sei. Dann traf ich im Besucherbereich erstmals einen anderen künftigen Vater. Er wirkte sichtlich angespannt. Ich schenkte ihm einen Kaffee ein und beruhigte ihn etwas. Das Personal sei fähig, sagte ich ihm, und notfalls könnte er mich jederzeit im Badezimmer finden. Überhaupt und insbesondere falls er Probleme mit dem Wehenschreiber haben sollte. Dort wieder angekommen, füllte ich zum x-ten mal die Wasserkaraffe der werdenden Mutter auf. Der Muttermund war bei fünf Zentimetern, die Wehen wurden intensiver, und ich ließ eine Badewanne mit Lavendelöl ein. Nun stellte sich erstmals unsere Hebamme vor. Sie kam ins Zimmer und staunte nicht schlecht, als ich entspannt in der Badewanne lag. Schatzi reagierte am schnellsten und sagte: »Mein Mann hat sich für die Wassergeburt entschieden.« Ein Sitcom-Lachen erfüllte den Raum, und während ich mir einen Bademantel anzog, vollzog die Hebamme mit der werdenden Mutter ein paar Trockenübungen. Die nächste Wehe kam, und sie gab Anweisungen: »Jaa. Jetzt. Pffuhhhhh. Atmen, atmen ...« Dabei begegnete ihr der abendliche Döner, und sie sagte: »Neee, lieber nicht atmen!« Das Sitcom-Lachen erfüllte abermals den Raum, wir erfuhren wieder mal, dass alles gut aussieht, und wurden in den echten Kreißsaal verlegt.

Zimmer 2. Ein geräumiger Raum mit schöner Aussicht, aber leider ohne Badewanne. Ich schaute aus dem Fenster, und aus der Ferne konnte man die melancholischen Klagelaute einer Elchfamilie in Hagenbecks Tierpark hören. Dann stellte ich fest, dass die Elchfamilie im Zimmer 3 wohnte. Ich schluckte und schaute ängstlich zu Schatzi. Sie erwiderte meinen Blick schmerzverzerrt, und es folgten die schlimmsten Stunden unseres bisherigen Lebens. Der Mensch ist die Krone der Schöpfung, sagt der Mensch. Nur eins ist mit Sicherheit Fakt: Seine Krönung ist kein Wunder der Natur, sondern das größte Missverständnis der Evolution. Zwischen zwei Wehen schaute mir meine Freundin tief in die Augen und sagte flehend, aber bestimmt: »Das machen wir nie wieder!« Dann atmete sie wie ein Profi gegen die Schmerzen und zerquetschte mit jeder Wehe meine Hand ein bisschen mehr. Es half nichts. Etwas in der Größe einer Melone wollte durch etwas in der Größe eines Apfels. Lass die Hippies doch ihre Kinder auf natürliche Weise bekommen oder wie im Mittelalter, wir wollten die volle Dröhnung. Alles rein, was geht. Buscopan in die Venen, Nadeln in die Ohren, Paracetamol in den Arsch. Wir nahmen alles, was die moderne Medizin hergab. Sie wegen der Wehen, ich wegen meiner Hand. Doch nichts half gegen diesen Fehler der Natur. Uns blieb nur eine letzte Möglichkeit: Es war an der Zeit für eine PDA, eine Periduralanästhesie. Der Narkosearzt fragte Schatzi, ob ihr der Vorgang bekannt sei und ob sie noch Fragen habe. Dann musste sie noch ein Formular ausfüllen und unterschreiben. Der Arzt hatte die Ruhe weg, und während sich eine neue Wehe den Weg durch die Gebärmuttermuskeln bahnte, fing der Arzt erneut an zu fragen, ob ihr der Vorgang bekannt sei und ob eventuell noch ... – Plötzlich verdunkelte sich der Himmel, Wolken zogen auf, Blitze schossen durch das Zimmer und eine tiefe weibliche Stimme rief heiser: »Keeeineee Fraaagen!« Ich zitierte meinen Großvater, der immer sagte: »Junge, widersprich nie einer Frau in den Wehen.«, und kurze Zeit später lief ein Betäubungsmedikament direkt zwischen die beiden Schichten ihrer harten Rückenmarkshaut.

Jawohl! Das knallte. Und nicht nur in Zimmer 2. Der Anästhesist kämpfte sich von Zimmer zu Zimmer. Schatzi, die Elchfrau und alle anderen werdenden Mütter wollten und bekamen die Dröhnung. Während die Vertreter der natürlichen Geburt irgendwo Delfine knuddelten, starteten wir eine besondere Perinatalzentrumspolonaise. Ich führte den Chor der hochschwangeren Frauen an und schleppte sie in ihren Rollstühlen durch den Flur. Mit der rechten Hand stützten sie ihren Bauch ab, die linke umklammerte die Rollstuhllehne der Vorderfrau. Gemein-

sam zogen wir über die Flure des Kreißsaals und sangen unser
Lied:

Hey Ya Yippie Ya!
Buscopan und PDA!
Hey Ya Yippie Ya!
Buscopan und PDA!

Später an diesem Tag wurden zwölf gesunde Babys geboren. Alle
waren sehr süß, aber nur ein einziges Kind war schon sehr weit
für sein Alter.

Sternengucker

Sebastian 23

Ob ich auf emotionale Texte stehe?
Ich will es mal so sagen:
Das nächste Mal, wenn mir einer vom Feuer in seinem Herzen erzählt,
Ramme ich ihm ein Stockbrot in den Hals.
»Ich glaube, da draußen ist irgendwo die Richtige für mich.«
Halt die Fresse, Ted Mosby,
Das Leben ist nicht *How I met your mother*.
Das Leben macht Mett aus deiner Mutter.
»How I met your Metzger!«
Kriech zu Kreuze, du Waran!
Die Romantiker hatten ihre Epoche
Und sind allesamt seit 150 Jahren tot.
Lovesongs klingen heute so:
»Ich hab, ich hab, ich hab, ich hab Style und das Geld,
Ich hab all das, was den Fotzen so gefällt.«
Danke, Bushido und Kay One.

Ob ich auf emotionale Texte stehe?
Unwahrscheinlich.
Aber trotzdem muss es raus:
Vor kurzem ist mein Sohn geboren worden,
In einer lauen Vollmondnacht
In einem goldenen Herbst.
Er lag mit dem Gesicht Richtung Himmel.
Die Hebamme sagte: »Ein Sternengucker-Kind!«

Wie soll ich denn darüber schreiben, ohne wie ein Katzenkalender zu klingen?

Ich meine, noch ist der Junge so winzig wie die Hoffnung auf einen dauerhaften Frieden in Nahost.
Aber er ist so süß.
Wenn du ein Foto von ihm auf der Kirmes aufhängst, gehen die Zuckerwattestände pleite.
»Der ist so süß, da gehste kaputt dran«, wie Onkel Sträter sagen würde.
Den guckst du einmal an und kriegst an den Augen Diabetes.
Wenn du ein Glas Wasser nimmst und nur einen seiner winzigen Finger reinhältst: ZACK! Bubble-Tea!

Der Kleine ist so niedlich, dass Hello Kitty daneben aussieht wie Skeletor.
»Seit der Kleine da ist, bin ich ein krasser Motherfucker«, wie Onkel Björn sagen würde.

Der Kleine ist noch so hilflos wie die Europäische Zentralbank.
Und so ahnungslos ... wie die Europäische Zentralbank.
Ich hingegen bin schlaflos wie Seattle,
Aber ich werde ihm alles beibringen, was ich weiß.
Von der Welt zwischen Bro-Code und Brockhaus.
Er hat Füße mit gänzlich unbelaufenen Sohlen,
Eine Stupsnase wie Biene Maja,
Hände, klein genug zum Mäusemelken,
Da wird das High Five zum High Fünftel.

Aber wenn er mich mit seinen matt glänzenden Augen ansieht,
Mein Spiegelbild auf dieser unendlichen Linse auftaucht,
Schießt es mich in einem Augenblick aus meinen Schuhen,
Rückwärts durch das Fenster hinaus und hinauf
Durch die butterweich blauen Wolken der Nacht,

Am Mond vorbei, der alten Käsefresse,
Weiter rauf
In die grenzenlose schwerelose Leere des Weltraums,
Wo Schwarze Löcher und Spiralnebel sich gegenseitig auf den
Like-Button klicken.
Und da hänge ich dann zwischen Milliarden von Sternen
Wie ein vorerst planloser Komet aus Erinnerungen
An eine Zeit, als meine Gedankenblitze zur Erde stürzten
Mit der Gravitation als Muse,
Als ich mich unfertig fühlte wie der Berliner Flughafen,
Als mein Körper ein Knast war, der meinen Willen vom Wind
trennte –

Doch jetzt bin ich hier oben,
In einem Raum, der so groß ist, dass er zahllosen Welten ein
Heim bietet
Und trotzdem quasi leer steht;
Und ich, inmitten der Leere,
Ein Staubkorn vor Heerscharen von Galaxien,
Schenke der Dunkelheit ein Lächeln.

Ein Meteor steigt vor Schreck hart auf die Bremse.
Er hält so ruckartig neben mir,
Dass es ihm den Schweif zerzaust.
Er sieht ängstlich auf mein Lächeln wie eine umgekehrte Brücke,
Und ich streichele ihm über seinen Kopf aus Licht und sage:
»Keine Sorge! Das ist ein verdammt großes Universum,
Aber es ist nicht sinnlos.«

Und dieser Satz beamt mich runter wie Scotty,
Ich steh plötzlich wieder an der Wiege,
Und vor mir der Kleine:
Du,
So klein,

Kommst einfach so vorbei
Und knallst in mein Leben
Wie ein Eisberg gegen die titanische Bedeutungslosigkeit,
Zeigst mir, dass das Leben eben nicht ist wie die Piratenpartei,
Sondern einen Sinn hat.

Du hast mein Drehbuch auf zwei Zeichen reduziert:
Doppelpunkt, Klammer zu,
Mein Lächeln bist du.
Ein Vollmondkind,
Junger Skywalker
Am Steuer des Großen Wagens.
Ein Sternengucker.

Warum ich jetzt doch einen emotionalen Text geschrieben habe?
Weil ich es kann.

2. Das neue Leben.

oder: Das hatten wir uns anders vorgestellt!

Spielgruppe
Björn Högsdal

Ich habe nichts zugegeben, und ich werde nichts zugeben. Ohnehin werden die Opferzahlen in den Medien meist völlig überhöht dargestellt. Aber ich greife voraus.

Mein zwanzig Monate alter Sohn und ich betreten die vorschulpädagogische Einrichtung mit gutem Willen und bester Laune, als uns eine überdrehte, ältere Frau in den Weg springt und mit einer Handpuppe bedroht:

»Hallooo! Ich bin die Gretel. Und wer bist du?«, fistelsingsangt es unheimlich vom wasserleichenfarbenen Antlitz der Antikpuppe her, die wie ein Mahnmal für die Opfer der Hiroshimabombe aussieht. Ich denke an *Shining* und *Chucky, die Mörderpuppe*, meine Nackenhaare stellen sich auf, und mein Sohn tritt ihr instinktiv mit voller Wucht gegen das Schienbein. Die verwirrte Frau weint ein bisschen, stellt sich dann als Gundula, die Leiterin der Spielgruppe vor, und findet, dass mein Sohn sich entschuldigen soll. Allerdings nicht bei ihr. Bei der Puppe. Ich glaube an einen Witz, aber weil ich lache, muss auch ich mich bei der Puppe entschuldigen.

In der Vorstellungsrunde bin ich der einzige Mann. Als Gundula hört, was ich so mache, hofft sie lachend, dass ich keinen Text über sie und die Spielgruppe schreibe. Ich lüge. Elisabeth, Exsprechstundenhilfe und Arztgattin, hat ihren Ernst nur für die Spielgruppe angemeldet, um die Zeit zwischen »Quantenphysik für Zweijährige« und dem Chinesischunterricht zu füllen. Sie muss sehr plötzlich aufhören anzugeben, weil ihr Wunderkind Bauklötze in Nasenlöchern und Rachen stecken hat und blau anläuft. Mein Sohn weist uns darauf hin, indem er wiederholt aufgeregt »Schlumpf! Schlumpf!« schreit, weil er noch nicht weiß, wie die Farben heißen.

Der Leichenwagenfahrer und der Notarzt streiten noch kurz darüber, wer von den beiden Ernst mitnehmen darf, dann sitzen wir im Kreis und müssen singen. Ich kann Töne weder treffen noch halten, sage das auch und will nicht. Ich soll aber trotzdem. Also singe ich. Die Kinder beginnen sofort zu weinen, pressen verzweifelt Teddys an ihre Ohren und wippen monoton vor und zurück. Einige schlagen mit dem Kopf gegen die Wand. Gundula und die Mütter auch. Dann muss ich nicht mehr mitsingen und darf stattdessen das Tamburin schlagen, während die Spielgruppenleiterin mit einem indianischen Traumfänger durch den Raum wedelt, um ihn nach meinem Gesang von den bösen Geistern zu reinigen.

Beim Freien Spielen mache ich erst nur so ein bisschen beim Lego mit, dann habe ich aber eine echt coole Idee und baue eine Duplokopie des World Trade Centers. Angelika, Toms Mutter, behauptet, sie fände das geschmacklos, ist aber eigentlich nur sauer, weil ihr nicht genügend Duplo-Steine für ihre lebensgroße Robbie-Williams-Aktskulptur bleiben. Sie ist ohnehin ein wenig gereizt, weil die selbstsüchtigen Kinder dauernd Steine abhaben wollen, um auch was zu bauen. Wütend greift sie sich zwei Holzflugzeuge aus dem Spielzeugregal und lässt erst meinen Süd-, dann meinen Nordturm einstürzen. Als wir aufeinander zustürzen und uns zu prügeln beginnen, gehen unsere Kinder erst mal eine rauchen. Zumindest wirkt es so, wie sie dort kopfschüttelnd in der Ecke stehen, hektisch an ihren Schnullern saugen und sie dann auf dem Boden austreten.

Wir werden getrennt und müssen in entgegengesetzten Ecken des Raumes mit dem Gesicht zur Wand stehen. Aus Rache singe ich beim Abschlusslied sehr laut mit, was zu einer Massenpanik führt, bei der es zahlreiche Opfer gibt. Drei Diddlmäuse, ein Teddybär und Gretel, die Handpuppe, können später auch vom Puppendoktor nicht reanimiert werden.

Mein Fazit dieser Erfahrung: Die soziale Kompetenz muss sich noch entwickeln, vor allem unter den Eltern. Das mit der sprachlichen Kompetenz läuft aber gut, mein Sohn kann nach dem Besuch der Spielgruppe drei neue Schimpfwörter. Ich sogar fünf. Ich freu mich schon auf nächste Woche.

Die perfekten Kinder

Johanna Wack

Wir haben die perfekten Kinder gemacht. Einen Jungen und ein Mädchen. Der Junge kam zuerst, das Mädchen ein Jahr später.

Sie kamen schon perfekt zur Welt. Mit einem freundlichen Lächeln im Gesicht wurden sie mir in den Arm gelegt, in ein weißes Tuch gehüllt. Geschrien haben sie nur, wenn man ihnen wehtat. Körperliche Gewalt, da hatten wir uns bereits vor der Geburt geeinigt, kam für uns beide nur in Ausnahmefällen in Frage. Wir wollten schließlich gute Eltern sein.

Aber diese Kinder waren seltsam. Sie wollten nicht einmal Süßigkeiten im Supermarkt. Absichtlich stellte ich mich immer an der längsten Schlange an, schmiss die bunten Schachteln und Päckchen aus dem Regal und wartete. Artig hoben sie die Packungen auf und legten sie zurück, das Mädchen zupfte sein rosa Kleidchen zurecht, der Junge hielt ihre Hand, und dann sangen sie ein Lied.

Mittags wollten sie meistens Gemüse essen. Und zum Nachtisch Obst. Danach machten sie Mittagsschlaf. Schon oft dachte ich, sie wären tot, mit einem Lächeln im Gesicht eingeschlafen, in ihren rosafarbenen und hellblauen Kleidern.

Unsere Kinder lächelten immer, egal, was wir versuchten. Am Anfang dachten wir noch, das sei normal. Es waren ja unsere ersten Kinder, wir hatten keinen Vergleich.

Dann fingen sie an, uns zu langweilen. Sie sind gut in der Schule. Sie sehen toll aus. Sie sind intelligent, sportlich, nett, freundlich, hilfsbereit, weltoffen und sympathisch. So sympathisch.

»Unsere kleinen Sonnenscheine«, sagt mein Mann in der Öffentlichkeit. Der Junge und das Mädchen lächeln dann, zeigen ihre makellosen Zähne. Und mein Mann macht hinter ihren Rücken Zeichen, die sagen mir: »Ich kotz gleich!«

Am Anfang hatten wir noch Hoffnung. »Das wächst sich raus«, hatte mein Mann gesagt. »Spätestens, wenn die pubertieren, wird's lustig.«

Wir warteten.

Jahre.

Beobachteten die anderen Eltern, voller Neid, die ihre schreienden Kinder an den Haaren hinter sich herzogen, Eltern, die vor Verzweiflung weinten, weil ihr Kind sie getreten hatte, die diskutierten und brüllten und fluchten. Wir machten lange Spaziergänge durch die Hamburger Ghettos, besuchten Heime für schwer erziehbare Jugendliche und holten uns Erziehungstipps von den Alkoholikern aus der Eckkneipe. Wir gingen ständig zu McDonald's, aber die Kinder wurden noch nicht einmal fett.

Irgendwann sahen wir ein, dass wir uns mit unseren perfekten Kindern arrangieren müssen. Wir haben schließlich eine Verantwortung zu tragen. Wir warten, bis sie zur Schule gehen. »Wir haben euch lieb!«, rufen wir morgens hinter ihnen her und winken. »Wir haben euch auch lieb, Mutti und Vati!«, trällern sie wie aus einem Mund über den Rasen, der Junge und das Mädchen, und dann sind sie weg.

»Mutti und Vati!«, sagt mein Mann. »Die haben doch den Arsch offen!«

Dann machen wir das Haus unperfekt. Wir machen Unordnung, Chaos, wir ziehen uns nackt aus und werfen die Kissen vom Sofa, wir springen und hüpfen auf ihm, bis die Federn krachen, wir gucken Talkshows, koksen und saufen Bier aus Dosen, rülpsen und furzen und rauchen drei Joints gleichzeitig. Wir hören Teeniemucke und schwingen unsere Hüften, tanzen, nur mit einem Kopftuch bekleidet, durchs Haus. Dann streiten wir uns, weil er das letzte Bier getrunken hat, ich nenne ihn einen Hurensohn, und er holt aus, haut mir mit der Faust ins Gesicht, ich schreie: »Du Drecksack, du widerlicher, das kriegst du zurück!«, und werfe unsere wertvolle Vase nach ihm, treffe aber nur das Foto von den Kindern an der Wand.

Später haben wir Sex in ihren Zimmern, und danach liegen wir auf dem rosa Teppich vom Mädchen und lesen ihre Tagebücher.

»Liebes Tagebuch«, liest mein Mann vor, und ich muss immer schon am Anfang lachen und pruste die Chips auf den Teppich, »heute war ein schöner Tag.« Die Einträge vom Mädchen fangen immer so an, der Junge schreibt für gewöhnlich: »Ein schöner Tag neigt sich dem Ende zu.« Und dann der übliche Scheiß. »Habe eine Eins in Mathe geschrieben. Der oder die ist noch immer in mich verliebt, aber ich habe versucht, das diplomatisch zu lösen. Meine Lehrerin hat mich gelobt.«

Irgendwann schlafen wir ein. Die Kinder kommen erst spät. Sie haben viele Termine.

»Scheiße!«, ruft mein Mann plötzlich. »Wir haben verpennt!«

Ich habe Kopfweh und 'ne dicke Lippe, liege nackt auf dem rosa Teppich, das Tagebuch vom Mädchen auf dem Bauch, und kann mich nicht bewegen. Mein Mann fängt hektisch an, das Chaos zu beseitigen, stopft das Tagebuch unter die Matratze, sammelt die Chipskrümel auf, noch immer nackt. Sieht lustig aus von hier unten. »Los, hilf mir!«, ruft er, wirft mir ein pinkfarbenes Taschentuch zu und sagt: »Und wisch dir das Blut aus dem Gesicht.«

Wir nehmen Aspirin und überlegen uns Ausreden, »Nee«, sagt mein Mann, »das gönn ich den Spießern nicht, da wollen wir doch mal sehen, wer hier perfekter ist von uns.«

Ich habe also die Vase fallen lassen, auf meinen Fuß, und vor Schreck und Schmerz bin ich gegen das Foto gelaufen, an der Wand.

Die Kinder glauben uns.

Wir sind die perfekten Eltern. Und sie die perfekten Kinder.

Die Welt ist heil und schön, wir sind die perfekte Familie, Mutti, Vati, der Junge und das Mädchen, und wir haben uns alle furchtbar lieb.

Aus dem Tagebuch eines jungen Vaters

Heiko Werning

2.20 Uhr: Neues Kind schreit. Freundin stellt sich tot. Das kann ich auch. Mal sehen, wer länger durchhält.

2.22 Uhr: Neues Kind hat gewonnen. Freundin steht auf, macht Milch. Ich richte mich mühsam auf, hole Neues Kind ins Bett und bringe uns in Position. Freundin bringt Milchfläschchen. Gar nicht so einfach, mit schlafverklebten, nur millimeterspaltgeöffneten Augen das winzige Mündchen mit dem Plastikknippel zu treffen. Neues Kind schreit nach dem zweiten Fehlversuch noch empörter. Soll doch froh sein, dass ich ihm den Nuckel nicht ins Auge gerammt habe.

2.24 Uhr: Neues Kind schreit empört, weil ich beim Wegdämmern die Flasche nicht fest genug gehalten habe. Justiere nach.

2.27 Uhr: Neues Kind schreit empört, weil ich eingeschlafen bin, Flasche nicht mehr im Zielgebiet. Starte zu einem neuen Angriff. Sicheres Dribbling im Halbschlaf. Los, mach das Ding rein, versenk es, Mann! Ja! Etwas unter die Latte gesetzt, aber es ist drin. Höre überraschtes Glucksen, dämmere sofort wieder weg.

2.30 Uhr: Schrecke hoch, wo bin ich? Ah. Jetzt ist Neues Kind beim Nuckeln eingeschlafen. Schüttle es etwas, es nimmt seine Saugaktivitäten sofort wieder auf, nach kurzem, empörtem Schreien.

2.35 Uhr: Neues Kind schreit wütend. Es ist satt und will keinen Plastiknippel mehr im Mund. Lockere meinen Pressgriff. Gut, das wäre geschafft. Jetzt nur das Bäuerchen. Neues Kind geschultert, beginne zu klopfen. Klopfe. Klopfe. Klopfe. Schüttle. Klopfe. Schüttle, schüttle, schüttle. Neues Kind schreit empört. Klopfe. Verdammt, nun mach endlich. – Neues Kind grunzt, gurgelt, ein großer Schwall warmer weißer Masse ergießt sich über mein T-Shirt und das Neue Kind. Sehr gut, Bäuerchen ist draußen. Will mich gerade schön in den weißen, warmen Sud auf der Matratze einkuscheln, da schreit Neues Kind, es hat Hunger, es ist ja wieder leer jetzt. Freundin flucht irgendwas, macht neue Milch.

2.55 Uhr: Flasche leer, Bäuerchen, Milch bleibt drin, endlich. Neues Kind in Wiege, erlöstes Wegdämmern.

3.30 Uhr: Altes Kind ist wach geworden und jammert nebenan in seinem Bett. Ich stelle mich tot. Freundin rührt sich nicht. Mal sehen, wer länger durchhält.

3.32 Uhr: Gehe ächzend rüber zu Altem Kind. Flüstere: »Was ist denn, mein Schatz?« Altes Kind sagt: »Geh weg! Lass mich in Ruhe! Mama soll kommen!« Gehe weg und sage Mama, dass sie kommen soll. Mama sagt schlimme Sachen, die ich aber gar nicht mehr richtig höre, weil ich wegdämmere.

4.10 Uhr: Freundin kommt zurück ins Bett, torkelt gegen Wiege, Neues Kind wird wach und schreit. Ich stelle mich tot. Freundin auch. Mal sehen, wer länger durchhält.

4.20 Uhr: Guck an. Neues Kind gibt auf und schläft wieder ein. Ha! Mit triumphierendem Lächeln weggedämmert.

7.05 Uhr: Träume, dass das Haus einstürzt und ich unter einer zusammenbrechenden Wand begraben werde. Unschön, so eine

Ziegelwand, und jeder Stein bricht wie im Comic raus und fällt mir auf den Kopf und tut höllisch weh. Schrecke auf. Kurze Orientierungsphase. Aha. Altes Kind möchte etwas vorgelesen bekommen. Es verleiht seinem Wunsch dadurch Ausdruck, dass es »Das Große Vorlesebuch, 50 Geschichten für Kinder zwischen 3 und 4« in rhythmischen Abständen mit beachtlicher Kraftanstrengung auf meine Stirn aufschlagen lässt. »Aufstehen! Vorlesen!«, kräht es jetzt, wo es sieht, dass ich endlich die Augen öffne.

7.10 Uhr: Die Geschichte vom Feuerwehrauto, das kommt, um Öl vom Badesee abzupumpen. Nach halber Seite: »Nein! Andere Geschichte!« Geschichte vom braunen Schaf Schoko, das so gerne geschoren werden will. Nach halber Seite: »Nein! Andere Geschichte!« Geschichte vom König, der nie lachen konnte, weil ... »Nein! Andere Geschichte!« »Ach, geh doch zur Mama.« Mama grunzt etwas sehr Unfreundliches, aber Kind befolgt meinen Ratschlag. Freundin wird von Altem Kind zum Lego-Spielen abkommandiert. Schwache Proteste, letztlich vergeblich. Ich atme erleichtert auf, als sie ins Kinderzimmer gehen. Wertvolle Minuten gewonnen, döse sofort wieder ein.

7.25 Uhr: Fünfzehn wertvolle Minuten. Neues Kind schreit. Na ja, eh langsam Zeit, aufzustehen.

7.40 Uhr: Freundin will duschen, sagt, ich soll übernehmen und mit Altem Kind spielen. Gehe zu Altem Kind. Frage: »Na, was sollen wir spielen?« Altes Kind sagt: »Geh weg! Lass mich in Ruhe!« Zum Glück schreit Neues Kind. Das ist das Gute an zwei Kindern: Wenn das eine nicht taugt, hat man immer noch eins in Reserve.

7.45 Uhr: Während ich Neues Kind schaukle, kommt Altes und beklagt sich, dass ich nicht mit ihm spiele. Sage ihm, es hätte mich weggeschickt, sehr unhöflich sogar, und habe gesagt, dass es nicht mit mir spielen wolle. Doch, sagt Altes Kind, ich solle das Neue mal schön in sein Körbchen legen und stattdessen mit ihm spielen. Eisenbahn nämlich. Neues Kind gibt halbwegs Ruhe, also gut. Lege es ab, gehe mit Altem Kind in sein Zimmer, setze mich auf den Boden und spiele mit: Eisenbahn. Erwische offenbar den falschen Zug. »Den nicht!«, kreischt Altes Kind. Nehme einen anderen. »Den nicht!«, kreischt Altes Kind. Neues Kind fängt erneut an zu schreien. Gehe erleichtert wieder rüber.

Jetzt könnte man natürlich, wenn ich das so erzähle, fragen, warum um Gottes Willen man sich so etwas antut. Wobei sich die Frage natürlich hinterher eigentlich kaum noch stellt, wenn man nicht sehr viel Platz in der Tiefkühltruhe oder sehr große Pflanzentöpfe auf dem Balkon hat. Wenn ich aber jetzt die skeptischen Blicke junger Menschen sehe, die sich fragen, ob sie das wirklich wollen, so ein Kind, dann sage ich mit Nachdruck: Natürlich! Es ist ganz wunderbar! Es ist ... na ja, irgendwie schwer zu vermitteln, aber es ist ganz großartig! Ein einzigartiges Erlebnis! Nehmen wir zum Beispiel den Abend. Irgendwann, selbst wenn man zwischenzeitlich gezweifelt hat, dass das jemals gelingen könnte, irgendwann sind beide Kinder, Neu und Alt, in ihrem Bett bzw. Korb und schlafen. Sie schlafen mit diesen niedlichen Kinderköpfchen und diesem herzzerreißenden Kinderschnorcheln ganz süß an ihre Kinderkuscheltiere geschmiegt, sie schlafen wie zwei kleine Engel, es ist ein unbeschreibliches Gefühl, dieser letzte Blick in das Zimmer nachts, bevor man selbst ins Bett geht.

Gerührt stehe ich vor dem Bettchen des Alten Kindes, streichle ihm sanft durch das feine Haar, berühre zart diese unglaublich weiche Haut und hauche ein glücksbesoffenes »Schlaf gut, mein Schatz!«. Altes Kind macht kurz Augen auf, sagt: »Geh weg! Lass mich in Ruhe! Geh weg!«, dreht sich um und wendet sich ab. Neues Kind fängt an zu schreien. Ein Blick auf die Uhr: 2.20 Uhr. Auf ein Neues.

Mama.
Oder: *Aber nicht nur.*

Mieze Medusa

Es beginnt ganz harmlos.
Eine Zelle teilt sich und zerteilt alles in ein Davor und ein Danach.
Ein Zellhaufen teilt sich und zerteilt die Zeit neu.
Der erste Ultraschall, der erste Bauchtritt, der erste Schrei, der erste Schritt, das erste Wort.
Achten Sie bitte auf das, was ich ausgelassen habe: Blut und Schmerz und Angst, *aber nicht nur.*

Eine Zelle hat sich zerteilt, hat dich und sich in Häufchen zerteilt und zerteilt jetzt die Zeit neu. Mama hat jetzt ein Über-ES.
Eine Mütze Schlaf, bis ES wieder schreit.
Ein Durchatmen, bevor ES wieder gefüttert wird.
Ein »Mama ist gleich da, Schatz!« in seine Richtung.
Ein Sich-aber-wirklich-nur-ganz-kurz-im-Klo-einsperren-weil-Mama-eine-klitzekleine-Mikrosekunde-für-sich-selbst-braucht.
Ein Drei-Tage-wach, das kein Festivalrausch mit Kater danach ist, sondern ein Die-ganze-Familie-liegt-mit-Grippe-im-Bett-und-sie-sollte-das-eigentlich-auch-tun-aber-was-soll-sie-machen-wenn-ES-einen-frischen-Tee-braucht-oder-ES-einen-Topfenwickel-benötigt-oder-einen-den-schlechten-Traum-Wegküsskuss ...
Es schreit, es schreit, es schreit, es schreit, es schreit, *aber nicht nur.*
Es lächelt.
Es lacht.
Es krabbelt.

Es scheißt.
Es schmeißt Mamas Lippenstift auf den Boden.
Es gurgelt.
Es schmeißt Papas Weinglas auf den Boden.
Es gurrt.
Es gackt.
Es greint.
Es gluckst.
Es sagt: Mama.
Aber nicht nur.

Das Kind fragt.
Mama, was ist das?
Das ist die Sonne.
Mama, was ist das?
Das ist ein Hund.
Mama, was ist das?
Das ist ein Auto.
Mama, was ist das?
Das ist ein Vater.
Mama, was ist das?
Das ist ein Pfui.
Das Kind fragt nicht:
Mama, was ist Mama?
Das Kind denkt, es weiß, was Mama ist. Das Kind ist klug, klüger als ich.

Was ich über Mama weiß:
Mama ist mit Sicherheit kein akademischer Titel.
Mama ist ein Konstrukt ihrer Zeit.
Mama ist eine bunt bedruckte Baumwollschürze, *aber nicht nur.*
Mama ist das, was im Liebesroman nach dem Happy End kommt.
Mama ist das, was in einem Jelinek-Roman lang vor dem Ende mit Schrecken kommt.

Mama ist ein zweiter roter Streifen beim Schwangerschaftstest.

Mama ist eine Zeit lang morgendliches Übel, wenn sie ein paar Wochen lang in die falsche Richtung verdaut.

Mama ist das schöne Kleid, das sie anziehen will, wenn sie zum ersten Mal wieder mit Papa ausgeht.

Mama ist der Ärger darüber, in das schöne Kleid nicht mehr zu passen. Und es ist alles SEINE Schuld. Geht sie halt in Jeans und Pullover aus.

Mama ist der Kugelschreiber, mit dem sie hundert Notfallnummern für die Babysitterin auf einen Zettel schreibt.

Mama ist für ES die schönste Frau der Welt. (Das ändert sich irgendwann.)

Mama ist immer verfügbar oder hat, falls nicht, ein schlechtes Gewissen.

Mama macht ihrem Über-Es ein schlechtes Gewissen.

Mama wird ihrem Über-Es so ein Über-ICH.

Mama ist ein »Ich kann mich nicht zerteilen!«-Ruf aus der Küche.

Mama ist die »Hast du deine Hände gewaschen?«-Frage.

Mama ist ein »Wie oft soll ich dir noch sagen, dass du dein Zimmer aufräumen sollst?«-Redeautomat.

Mama ist ein »Hast du deine Hausaufgaben gemacht, die Englischvokabeln gelernt und heute schon Blockflöte gespielt?«

Mama ist ein Muttertagsgedicht, das du aus Trotz mit der Blockflöte in einen Punkrockremix verwandelst.

Mama ist ein Mysterium, das du mit ein bisschen Glück später noch mal neu kennenlernst.

Mama ist ein Mythos, *aber nicht nur.*

Mama ist eine Mitfahrgelegenheit, bei der du dir das Ziel wünschen darfst.

Mama ist das Auto, mit dem du fahren lernst. Papas Auto ist natürlich tabu.

Mama ist ein Maßstab und eine Sehnsucht. Nach ihrem Geruch, nach ihrer Perlenkette für besondere Anlässe (und du willst für immer ein besonderer Anlass für deine Mutter sein), nach ihren Locken, nach ihrem Lob, nach ihrer harten Hand, die dich von einem Straßenrand zurückzieht, nach ihrer im Hintergrund verschwimmenden Anwesenheit.

Mama ist, was eine Frau laut manchen mindestens zweimal im Leben werden soll: wegen der Zuwanderung, des Generationenvertrags und der Pensionen.

Mama bekommt aber keine oder nur eine kleine Pension, warum denn auch, sie hat doch viel zu kurz gearbeitet.

Was macht Mama?
Mama macht Frühstück.
Mama macht deinen Dreck weg.
Mama macht Pausenbrote.
Mama macht Abschiedswinkewinke.
Mama macht sich Sorgen (um dich, *aber nicht nur*).
Mama macht allerhand Nützliches.
Mama macht alles wieder gut.
Mama macht Wichtiges.
Mama macht sich nicht wichtig.
Mama macht der Jahreszeit angepasste Leckereien.
Mama macht der Tageszeit angepasste Fertigpizza.
Mama bäckt das Brot ab heute selbst.
Mama macht ihren Job.
Mama macht Liebe (oft mit Papa, *aber nicht nur*).
Mama macht Hosen länger oder kürzer oder enger oder weiter oder wieder ganz.
Mama macht Preisvergleiche.
Mama macht Apfelmus.
Mama macht Wiedereinstiegsbemühungen (oft vergeblich, *aber nicht nur*).
Mama macht unangekündigte Schultaschenrazzien.
Mama macht Tagebuchspionageakte.
Mama macht Papa Vorwürfe.

Mama macht immer das Richtige.

Mama macht die besten Topfenknödel.

Mama sammelt Kochrezepte.

Mama macht immer alles falsch.

Mama macht zu wenig Aufhebens um den Papa (meint die Schwiegermutter, *aber nicht nur*, der Papa meint das manchmal auch.)

Mama macht peinliche Bemerkungen, wenn du neben deinem Traummann stehst.

Mama macht dir Zöpfe.

Mama macht Bundfalten in deine coolen Jeans.

Mama macht Unterhoseninspektionen, weil sie auf deine Regel wartet.

Mama macht Leintuchuntersuchungen und lächelt milde, wenn sie deinen ersten Samenerguss entdeckt.

Mama zerbricht sich den Kopf über eine adäquate Aufklärungsmethode, denn es beginnt ja alles ganz harmlos:

Eine Zelle teilt sich und zerteilt alles in ein Davor und ein Danach.

Elternsex

Kirsten Fuchs

Zwei Stunden Sonne reichen mir und Grischan schon. Nur ein ganz klein wenig Licht, und schon springen unsere Hormone an. Jetzt laufen wir rum und sind verknallt wie die Teenies, sind aber leider keine mehr. Können also nicht schön im Kinderzimmer knutschen, denn das Kinderzimmer ist jetzt das Zimmer von unserem Kind, und wir passen gar nicht zusammen auf das kleine Bett.

In der Woche müssen wir beide arbeiten, und am Wochenende ist die Kleine zu Hause. Klar ist das schön, zu sehen, wie sie aufwächst und das ganze Zeug, aber Sex wäre auch schön. Schon mal notgeile Väter das Geländer an der Rutsche auf dem Spielplatz runterrutschen sehen? Oder notgeile Mütter beim Schaukeln unnatürlich hoch lachen hören?

Es ist ja nicht so, dass wir nur Nachwuchs machen wollen. Die paar Minuten würden sich schon finden. Das Zeugen könnte man – hier finde ich die Redewendung wirklich schön – auf einer Arschbacke absitzen. Oder das könnte man schnell mal aus dem Handgelenk schütteln. Das könnten wir mit links machen.

Aber man will es ja auch mal ein bisschen schön haben. Schön – so mit Zeit. Abends ist einer von uns beiden oft müde und kann gut stillhalten. Da ist auch schon 'ne Menge möglich. Eigentlich ist das oft sogar besser, als wenn beide aneinander vorbeifummeln und sich weder auf Tempo noch Richtung einigen können – einfach, weil man so aufgeregt ist, dass man mal wieder aufeinandertrifft. Dann ist das wie Formel 1, aber einer linksrum Nürburgring, der andere rechtsrum Nürburgring. Oder es ist wie tanzen gehen wollen, und einer hat ein Sambaröckchen an, der andere pfeift Tango vor sich hin.

Trotzdem ist es auf Dauer nicht gut fürs Liebesleben, wenn nur einer von beiden wach ist.

Richtigen Sex kann man am Wochenende während der Mittagsschlafzeit des Kindes haben. Da wissen die gegenüber auch Bescheid, wenn man mitten am Tag die Gardinen zuzieht. Die wissen eh viel zu viel. Wir haben zum Beispiel eine Lichterkette, die einen Wackelkontakt am Schalter hat. Wenn man sie einschaltet, muss man eine Weile am Schalter klopfen, ihn an- und ausmachen oder ihn sanft gegen die Wand schlagen. Die Lichterkette flackert in der Zeit lustig. Da frage ich mich jedes Mal, ob die gegenüber seit Wochen versuchen, die geheimen Morsezeichen der Geisel mitzuschreiben: »Ihr Kuckuck steht im Halteverbot. Eine Krücke aus Ebenholz ist kein Trost. Sieben Ungarn essen dreißig Döner.«

Fairerweise wissen wir auch viel zu viel über die von gegenüber. Grischan sagte letztens, ich solle die Polizei rufen, drüben mache jemand Bewegungen, als würde er eine Knarre laden. »Nein, der saugt so Staub«, sage ich.

»Aber seine Frau kniet vor ihm«, sagt Grischan.

»Ja, die hat immer einen fusseligen Kragen«, sage ich.

»Aber vielleicht machen die auch was anderes«, glaubt Grischan.

»Nein!«, informiere ich ihn. »Dann machen sie auch die Vorhänge zu. Wenn sie was anderes machen.«

»Woher willst du das denn so genau wissen?«, fragt er.

»Weil die Vorhänge durchsichtig sind.«

Außerdem, mal ehrlich, was gibt es denn für einen anderen Grund, mitten am Tag die Vorhänge für eine Stunde zu schließen? Fotos entwickeln? Die Fledermaus füttern? Die neuen phosphorisierenden Pilze ausprobieren?

»Is doch egal«, beschließt Grischan und zieht die Vorhänge zu.

»Ich kann so nicht«, sage ich, »wenn die drüben genau wissen, was wir machen.«

»Also Vorhänge wieder auf?«, fragt er. »Dann wissen sie wenigstens ganz genau, was wir machen.«

Ich schüttele den Kopf. »Guck mal, ich habe einen Projektor gekauft, der kann einen Film auf den Vorhang werfen. Das sieht man von der anderen Seite. Da denken sie, dass wir nur einen Film gucken. Geil, oder?«

»Geil«, sagt Grischan, »ist was anderes«, und geleitet mich entschieden und galant zum Sofa, unserer Insel der Leidenschaft inmitten einer Wohnung voller klebriger Bälle und zerrissener Bücher. Mit Augen voller Eroberungswillen fummeln wir uns gegenseitig aus der Bekleidung.

»Schatz, du riechst irgendwie verboten.«

»Nee, da liegt 'ne volle Windel neben deinem Kopf.«

Das scheint ihn aber nicht gestört zu haben. Er hat eine feine Erektion, hart wie ... – Es ist die Holzeisenbahn der Tochter.

Wir werfen sie lachend vom Bett. So leicht sind wir nicht aus der Stimmung zu bringen. »Sind deine Brüste gewachsen?«

»Nein, das ist Lottes Stoffball.«

»Aber dein Arsch ist schön prall.«

»Das ist der Kopf von Lottes Püppi.«

Lottes Püppi ist wie immer nackt. Sie liegt unter mir. Mit ihrem leicht geöffneten, erstaunten Mund. Die Beine so nach hinten gebogen, dass es beim Hinsehen wehtut. Diese freundlichen, blauen Augen.

»Ich weiß nicht«, sagt Grischan. »Jetzt will ich irgendwie nicht mehr.«

Wir machen eine kleine Pause und räumen erst mal das Sofa frei.

»Geht's wieder?«, frage ich sensibel.

Zu meiner Überraschung geht es sogar sehr gut, also für ihn. Mir geht es doch ein bisschen zu schnell. Ach so, er hat sich auf die Salbe mit der Kindercreme gekniet. Wir lachen, und danach klappt es endlich. Wir dürfen nicht so laut sein. Früher schliefen die Eltern nebenan, jetzt sind wir die Eltern, und das Kind schläft nebenan.

Als wir total entspannt auf dem Sofa liegen, sehe ich, welchen Film der Projektor abspielt. Eine heftige Liebesszene aus einem Film mit heftigen Liebesszenen.

»Na toll, jetzt denken die gegenüber, dass wir Sex hatten.«

»Hatten wir ja auch«, sagt Grischan.

»Ja, aber nicht so«, sage ich und zeige auf den Film auf dem Vorhang. Fünf Körper in Uniformen der römischen Legionäre robben übereinander, Pfauenfedern im Anus. Ich bin ganz verzweifelt.

»Jetzt müssen wir vorspulen, damit sie sehen, dass es ein Film ist«, sage ich.

»Dann denken sie, dass wir ganz schnell Schweinkram machen.« Grischan lacht.

»Ich habe eine Idee«, rufe ich. »Wir machen einfach den Vorhang auf, dann sehen sie ja, dass das eine Projektion war.«

Gesagt, getan. Schneller, als Grischan sagen kann: »Aber zieh dir vorher was an!«

Ist sowieso egal. Gegenüber sind überall die Vorhänge zugezogen.

Disstrack gegen meinen acht Monate alten Sohn

Björn Högsdal

Kleiner du kriechst vor mir – na das sind tolle Posen,
und dein Arsch ist fett. Klar, du hast volle Hosen,
Du disst mich im Schlaf mit deiner Kinderrandale,
du bist ziemlich rough – sprich kleiner Windelvandale.

Du hast keinen Flow, nee, du kannst nicht mal reden.
Eigentlich find ich, alles, was du kannst, ist daneben.
Nackt ähnelst du 'nem dicken, kleinen Buddha,
Sucker: Nie war es wahrer: Ich ficke deine Mudda.

Take a Walk on the Wild Side

Jochen Reinecke

»Komm, wir gehen eben einmal mit Carla um den Block, ich war heute noch gar nicht draußen«, knufft mich die Gattin in die Seite. Carla ist neunzehn Monate alt, sehr hübsch und meine Tochter. Eigentlich will ich noch etwas arbeiten, aber, na ja, klar, einmal um den Block, das ist ein knapper Kilometer, da sind wir in 'ner Viertelstunde wieder drinnen, schon okay. Und weil so ein Kind, wenn man es einfach laufen lässt, grundsätzlich sofort begeistert vor das nächste Auto rast, nehmen wir noch ihren Puppenbuggy mit, als Schienenersatz. Der Puppenbuggy ist ein kleiner, billiger, vierrädriger und überdies schreiend gelber Miniaturkinderwagen, in welchem Carla eigentlich ihre Puppe durch die Wohnung fahren soll. Weil aber die Sitzfläche für die Puppe so schön mit bunten Tieren bedruckt ist, fährt Carla den Wagen immer leer durch die Wohnung, weil man doch sonst die Tiere nicht mehr sehen kann. Genauer: Wenn jemand es wagt, irgendetwas in den Puppenbuggy zu legen, folgt tochterseits erst Unterlippenbeben, dann moderates Weinen, dann Schreikrampf mit meterweit aus den Augen spritzenden Tränen.

Also: Miniaturfamilie tritt mit leerem Buggy auf die Straße. Tochter schreit ein begeistertes langgezogenes »Buggyyyyyyyyyyyyy!!!!« und läuft mit geschätzten elf Stundenkilometern schnurgerade auf dem Gehsteig davon.

Ein hervorragendes Kind! Hat so gar nichts gemein mit diesen maulenden Nervmonstern, die tränenüberströmt irgendwo stehen, jeden weiteren Schritt verweigern und von ihren überforderten Eltern Prügel angedroht bekommen, wenn sie nicht SOFORT NACH HAUSE MITKOMMEN. Nehme die Gattin in den Arm, gehe gelassen, souverän, wie ein Fußballtrainer, der seine Mannschaft zufrieden ein wenig kicken lässt, dem kleinen Erdenbürger hinterher. Denke nach, wie es wohl kommen mag, dass andere Kinder so unkooperativ sind, ihren Eltern so zu schaffen machen. Falsche Erziehung, das muss es sein. Eltern sind keine Vorbilder, zu streng, zu soft, die Kunst ist das Dazwischen, das Unplanbare, das Intuitive. Ja, meine Gattin und ich, wir sind schon ziemlich einzigartig. Nur so kommt ein einzigartiges Kind zustande.

Die ersten zweihundert Meter sind in Windeseile geschafft. Wir stehen nun vor einer vergitterten Toreinfahrt. Carla zeigt auf das Gitter und sagt »Greka«. »Greka« heißt »Greta«. Greta ist ihre Freundin. Die im Wedding wohnt. Wir sind aber in Schöneberg. Allerdings, das muss man zugeben, die Toreinfahrt des Hauses, in dem Greta wohnt, sieht derjenigen, vor der wir gerade stehen, sehr, sehr ähnlich. Was für ein hochintelligentes Kind! Die Gattin grübelt: »Warum sagt sie ›Greka‹?«. Ich erkläre, die Gattin erstarrt in Ehrfurcht. Ehrfurcht vor meinem Einfühlungsvermögen, Ehrfurcht vor der Angst machenden Intelligenz unserer Tochter. Das Kind steht da immer noch, zeigt auf das Tor und sagt »Greka. Greka. Greka. Grekagreka«. Das kann man nur stoppen, indem man das Wort wiederholt, zum Zeichen, dass man sie verstanden hat. »Ja, die Greta, die hast du gern«, sage ich gütig und unterbreche den »GREKA«-Fluss für etwa eine Minute. Das Kind schiebt weiter mit dem Buggy. Brav.

Einen Meter weiter bleibt es stehen. Dreht sich um, schaut fragend und zeigt erneut auf das Tor. »Greka«. »Ja, die Greta, die hast du gern«, sekundiert nun die Gattin. Das Kind schaut wieder etwas beruhigter. Dann, fast flehentlich: »GREKA«. »Ja, die Greta«, und so weiter. Es dauert einige Minuten, bis dieses einschneidende Erlebnis in der Kinderseele die richtigen Synapsen miteinander verknuspelt hat. Wir schaffen noch mal fünfzig

Meter, als etwas Folgenschweres passiert. Ein anderes Ehepaar, ebenfalls mit Kind, aber ohne Buggy, kommt entgegen. Das verzogene Balg dieser uns vollkommen unbekannten Menschen wagt es, den Buggy unserer Tochter anzufassen. Danach fasst es unsere Tochter im Gesicht an. Skandal! Hochverrat! Kein Wunder, dass unsere Tochter sofort anfängt zu weinen. Was für ein Schock für das arme Kind. Der ureigene Buggy, ungefragt berührt, danach auch noch ein – fast möchte ich es »Schlag« nennen – ins Gesicht. »HABEN SIE IHR KIND NICHT IM GRIFF?«, herrsche ich den Mann an. Ein verweichlichter Summerhill-Verfechter. Kein Wunder, die Frau sieht auch schon so gesund aus. Widerwärtiges Pack, hoffentlich hat nicht gerade einer von denen Scharlach, die impfen bestimmt nicht. Schwuchteln!

Schnell weitergehen. Unser intelligentes Kind bleibt stehen. Zeigt auf die Stelle, an der der Buggy berührt wurde und macht ein fragendes »äh«–Geräusch. Zeigt dann auf seine Wange, wo es touchiert wurde, sagt noch mal »äh«. Wie schlau. Es verarbeitet wieder, zieht aus diesem schrecklichen Erlebnis einen Gewinn, wird intelligent, noch intelligenter, spürt nach. Großartig. Die Gattin erklärt: »Ja, genau. Da hat das Kind angefasst«. Das ist es, was das Kind hören wollte, beruhigt geht es einige Schritte weiter, bleibt stehen. »Äh«. Zeigt auf den Buggy. Dann auf seine Backe. Auch ich erkläre, »Ja, genau da wurdest du angefasst. Ist nichts passiert, gar nicht schlimm«, beschönige ich die Situation. Carla schaut fragend, stark verunsichert. Was geht in ihrer zarten Seele vor, ihre wasserblauen Augen schauen ratlos ins Leere. »Ja, genau da hat das BÖSE Kind hingefasst. Es ist nichts passiert. Wirklich«. Wir schaffen wieder einen Meter.

Schaue auf die Uhr. Unseren Schnitt halten wir nicht. Für die ersten zweihundert Meter brauchten wir vier Minuten. Für die folgenden zehn hingegen schon zehn Minuten. Bin zu faul, das genauer auszurechnen. Kann aber so nicht weitergehen. Zerre an dem Kind. Los jetzt, mitkommen. Ich hab zu tun, muss Pipi, mir wird kalt. Das Kind sagt »äh« und zeigt auf den Buggy, dann auf seine Wange. Soll sich nicht so anstellen, wir müssen weiter. Ich trage es ein Stück auf den Schultern, die Gattin schiebt den Kinderbuggy. Schaffen hundert Meter in zwei Minuten. Gut. Setzen das Kind wieder ab. Eine Oma mit verwahrlostem Pudel kreuzt. Das Kind ruft »WAWA« (Abkürzung für Wauwau«). Was für ein geniales Kind! Dieses Abstraktionsvermögen. In seinem Kinderbuch gibt es einen Schäferhund. Dass es jetzt diesen fiesen Pudel auch als Hund erkennt. Irre. Ich denke, wir können das Kind bald einschulen. Das Kind läuft zurück, in die Richtung, aus der wir kommen. Es will zum Pudel. »WAWA WAWA WAWA«, repetiert es und läuft zurück. Das ist nicht gut, wir wollen ja vorwärts. Die Gattin hat Verständnis. Ich nicht. Laufe dem Kind hinterher, fange es ein und trage es zurück. Es schreit, Tränen spritzen. Ich setze es wieder ab, es läuft dem Pudel hinterher. »WAWA. WAWA.« Das wird jetzt gefährlich, wenn es jetzt weit läuft, sind wir gleich wieder an dem schmiedeeisernen Tor, wo ja nach der Meinung des Kindes die »GREKA« wohnt, das muss verhindert werden, ich kralle mir das Kind, singe sein Lieblingslied und trage es, wie ein Pferd hoppelnd (denn das mag das Kind) auf den Schultern zurück. Beziehungsweise nach vorne. Wir haben jetzt die Hälfte des Wegs geschafft.

Schaue auf die Uhr. Sind jetzt eine Dreiviertelstunde unterwegs. Nicht gut. Muss noch was tun.

Passieren einen von diesen entsetzlichen Friedenauer Vorgärten. Mit Jägerzaun und hölzernem Gartentor. Carla liebt Gartentore. Die kann sie nämlich schon aufmachen. Folgerichtig ruft sie begeistert »JAAAAAAAAAAAAAAAAA«, öffnet das Tor und geht in den Vorgarten, um das Tor gleich wieder zu schließen. Dann macht sie das Tor wieder auf. Und wieder zu. Und dann wieder auf. Wir loben. Tolles Kind! Diese Motorik! Von wem hat sie das? Und Tor wieder zu. Schauen fasziniert eine Viertelstunde zu. Spüre meine Füße nicht mehr, es ist kalt. Dafür Harndrang, schlimm.

Spiele einen Trumpf aus. Sage: »Komm jetzt, nach Hause, da

gibt's schönen Brei«. Das Kind schüttelt den Kopf. Wusste gar nicht, dass es das kann. Spiele meinen letzten Trumpf aus und sage »Okay, dann gehen wir jetzt, Tschühüs«, winke dem Kind zu, ergreife die Hand der Gattin und ziehe diese hinter mir her. Das Kind lässt ein dreckiges »heheeee« vernehmen und beschäftigt sich weiter mit dem Tor, auch noch, als wir schon hundert Meter weiter sind. Scheiße. Einer von uns wird sich jetzt blamieren und zurücklaufen müssen. Es spricht Einiges dafür, dass ich derjenige bin.

Trabe gemächlich zurück, hole das Kind (Tränen spritzen) und trage es die letzten zweihundert Meter nach Hause.

Wir haben genau zweiundsiebzig Minuten gebraucht. Morgen früh habe ich Grippe, garantiert.

Das kranke Kind

Johanna Wack

Als ich meine Tochter Emily (fünfeinhalb) in den Kindergarten bringen will, hat sie über 39 Grad Fieber. Ich habe einen wichtigen Termin und rufe alle an, die sie nehmen könnten: Ihr Vater hat Fieber, die Babysitterin auch, die Oma auch. Scheiß Winter. Ich muss sie also mitnehmen. Es sind zwar nur ein paar hundert Meter zu Fuß, aber Emily kann nicht laufen, nicht Fahrrad fahren, nichts.

»Den Buggy«, haucht sie kraftlos, »Wo ist mein Buggy?«

Fünf Minuten später sitzt das riesige Kind in eine dicke Decke gehüllt in dem winzigen Buggy. Nachdenklich sehe ich sie an.

»Was ist, Mama? Schieb!«, sagt Emily.

»Ich weiß nicht«, sage ich, »die werden mich doch alle für total bescheuert halten, wenn ich dich Riesenkind damit durch die Straßen fahre.«

»Ist doch kein Problem, Mama«, antwortet Emily tröstend und lehnt sich zurück: »Ich tu einfach so, als wär ich behindert.«

3. Erziehungsfragen.

oder: Hilfe, das stand so aber nicht im Ratgeber!

Die Lektion

Marc-Uwe Kling

Heute habe ich meinem Kind eine Lektion erteilt.
Ich habe seine Hausaufgaben aufgegessen.
Morgen wird es lernen,
dass einem oft nicht geglaubt wird,
auch wenn man die Wahrheit sagt.

Gewaltfreie Erziehung

Björn Högsdal

Ich glaube nicht an körperliche Gewalt in der Kindererziehung. Es gibt so viel lustigere und perfidere Möglichkeiten, die Kleinen auf den rechten Weg zu bringen. Will der Nachwuchs nicht aufräumen, kann man zum Beispiel sagen, dass um 15 Uhr der Kinderfresser kommt, wenn bis dahin nicht Ordnung herrscht. Und dann macht man die DVD von *Saw III* an und sagt, das sei eine Dokumentation über das letzte Kind, das bis 15 Uhr nicht aufgeräumt hatte. Dass das Wetter schlecht wird, wenn man seinen Teller nicht aufisst, ist für Kinder mit einem Internetzugang eine zahnlose Drohung. Wenn man ihnen aber erklärt, dass es Krieg gibt, wenn man nicht aufisst – unter Verweis auf den Kessel von Stalingrad und Opa, der damals seinen Teller nicht geleert hatte, bekommt die Sache Gewicht. Grade in jungen Jahren sind Kinder noch leichtgläubig und akzeptieren einen jährlichen Feiertag namens »Tag der Abrechnung«, ohne groß nachzufragen. Da gibt es dann keine Geschenke, sondern die Gewissheit, dass für jede Verfehlung im vergangenen Jahr ein niedliches Häschen mit HIV infiziert wird. Und es gibt noch so viel mehr, was man als verantwortungsbewusster Vater tun kann. Wer keinen Brokkoli isst, löst Tsunamis aus, Fukushima könnte heute noch Atomstrom produzieren, wenn der achtjährige Yoshihiko Watanabe nicht die Hausaufgaben vergessen hätte, und für jedes Mal Schwindeln wird ein Engel im Himmel brutal vergewaltigt. Zu McDonald's gehen wir nicht, weil die ihre Burger aus Einhornfleisch machen und weil die Chicken McNuggets eigentlich Elfen McNuggets heißen müssten. Vor

Tagen fragte mich mein Sohn während der Tagesschau angesichts der Bilder von Gaddafis letzten Minuten, was der Mann nur getan habe. »Der, mein Sohn, hat seinen Hausschlüssel verloren. So wie du neulich.«

Eigenes Tempo

Heiko Werning

Besuch bei einem Freund und seiner Tochter, die nur zwei Wochen jünger ist als mein nunmehr einjähriger Sohn Jesko. Da staunen wir aber nicht schlecht, als die junge Dame etwas wacklig, aber doch zweifellos ohne jede fremde Hilfe im aufrechten Gang durch das Zimmer stakst. »Wann hat sie denn damit angefangen?«, frage ich interessiert, denn Jesko beschränkt sich noch aufs Krabbeln als Fortbewegungsmodus. »Ach, so vor zwei Monaten etwa«, antwortet Andreas entspannt, und ich schlucke unmerklich. Okay, zwei Monate, das ist normalerweise nicht sehr viel Zeit, aber in Relation zu einem gerade zwölfmonatigen Babyleben ist das quasi eine Ewigkeit.

»Wo ist die Nase?«, fragt Andreas seine Tochter, und die strahlt uns mit herzsprengender Freude an und tappst mit ihrem winzigen Zeigefingerchen an ihre Nase. Jesko und ich schauen verblüfft zu ihr rüber.

»Wo ist der dicke, dicke Bauch?«, zeigt Andreas nun das nächste Dressur-Kunststückchen, und die Kleine reibt mit entwaffnendem Lachen ihre Hand über ihr strammes Babybäuchlein. Dann zeigt sie auf Andreas' Nase und ruft begeistert: »Blille!« Daraufhin nimmt Andreas seine Brille ab, die Kleine quietscht auf vor Freude. Jesko kommt zu mir gekrabbelt und versteckt sich verstört hinter meinen Beinen. Jesko verfügt über genau eine Vokabel, die dafür eine geradezu universale Bedeutung hat: »Eh!«. »Eh!« meint immer exakt das, worauf sein Arm samt ausgestrecktem Zeigefinger gerade zeigt, und er kommt ganz gut durch damit. »Eh!« Schon reicht ihm jemand den gelben Ball.

»Eh!« Jetzt den blauen. »Eh!« Oh, das Stoffkrokodil. »Eh!« Das Fläschchen! Zufrieden beginnt er zu saugen. Andreas' Tochter trinkt gar nicht mehr aus dem Fläschchen, schon seit Wochen nicht mehr. Andreas' Tochter trinkt aus dem Glas. Natürlich.

»Ach, die haben halt alle ihr eigenes Entwicklungstempo!«, sagt Andreas und lächelt dabei irgendwie maliziös.

»Ja ja«, pflichte ich eilig bei, »die sind alle ganz unterschiedlich.«

»Ja, total«, ergänzt Andreas, »das ist ganz normal, der Sohn von einem Kumpel von mir hat erst mit vierzehn Monaten mit dem Laufen angefangen!«

»Erst mit vierzehn Monaten!«, wiederhole ich laut, und Jesko duckt sich noch etwas mehr hinter meinen Beinen weg.

»Ja«, sagt Andreas, »und Jungs sind ja ohnehin immer etwas langsamer.«

»Eh!«, sagt Jesko und zeigt auf einen Plüschhund.

»Wauwau?«, sagt Andreas' Tochter und stakst rüber zu dem Plüschhund.

Nach dem Nachmittag auf dem Spielplatz verabschieden wir uns. Großes Winken, dann sind die beiden um die Ecke, und wir machen uns auf zur Straßenbahnhaltestelle. Ein letzter Blick zurück, sie sind weg. Ich setze Jesko auf den Boden. »Los!«, fordere ich ihn auf: »Lauf!«

Der Kleine guckt mich irritiert an. »Lauf gefälligst!«

»Eh!«, macht er und zeigt auf den Kinderwagen. »Nix da! Lauf!«

»Eh! Eh!« – Es wird ein anstrengender Weg nach Hause.

In den nächsten Tagen spielen sich ganz neue Dialoge in unserem Kinderzimmer ab. Da Jesko ohnehin immer nur »Eh!« sagt, kann ich seinen Part getrost auslassen.

»Wo ist die Nase?«

»Nein, das ist nicht die Nase, das ist ein Hund. Wauwau!«

»Wauwau!«

»Nein, nicht ›Eh‹! Wauwau, Mensch!«

»Hach, egal. Wo ist die Nase?«

»Große Güte, das ist nicht die Nase, das ist diese absurd hässliche Stoffschwein-Mutante mit dem Elefantenrüssel, von dem deine gestörte Tante meint, das sei total niedlich. Los jetzt: Wo ist der dicke, dicke Bauch?«

»Nein, das ist das Fläschchen.«

»Ach so: ›Eh!‹ Du hast schon wieder Durst. Na, meinetwegen.«

Zwei Wochen später, Spaziergang mit Freundin und Kind. Ich erliege der Versuchung, die vagen Lernerfolge vorzuführen: »Wo ist die Nase?«

Jesko schaut mich mit großen Augen an und zeigt auf einen Hund. »Eh!«

Geduldig gebe ich ihm eine zweite Chance: »Wo ist der dicke, dicke Bauch?«

Jesko strahlt begeistert auf und zeigt lachend auf meinen Pullover. Na ja, immerhin.

Zwei weitere Wochen später, ich telefoniere mit Andreas: »Wollen wir uns nicht mal wieder treffen?« Andreas klingt wenig begeistert. Er sei so müde, sagt er, dieses Aufstehen viermal die Nacht, das mache einen einfach fertig. Verblüfft frage ich ihn: »Ach, die Kleine schläft noch gar nicht durch? Und das mit einem Jahr? Jesko schläft schon seit dem dritten Monat immer zehn Stunden am Stück.«

Andreas murmelt etwas in den Hörer, er klingt sehr zerknirscht. Ich spreche ihm Mut zu: »Na ja, jedes Kind hat eben sein eigenes Tempo.« Andreas klingt nicht so, als würde ihn das besonders trösten. »Ich muss dann mal Schluss machen«, haucht er mit schwacher Stimme in den Hörer, bevor er auflegt.

»Eh!«, sagt Jesko, und zeigt verwundert auf das Telefon.

In Erwägung mangelnder Entwicklung

Andy Strauß

Mein Kurzer sitzt mit einer Banane auf der Schaukel im Garten und telefoniert, wobei er so tut, als wäre die Banane ein echtes Telefon.

»Komma hier zum Fenster bei, Mathildchen! Der Junge macht wieder dumm«, rufe ich zu Mathilde, die in der unaufgeräumten Küche steht und natürlich einen Fisch zubereitet. Andere Lebewesen werden bei uns nicht zubereitet, da sie nicht den nötigen Elan haben, nicht stromlinienförmig genug sind quasi. Fische sind, und da sind Mathilde und ich uns einig, am dankbarsten, wenn man sie tötet. Ich möchte diese Theorie kurz erläutern:

Die Evolution begann bekanntlich im Wasser. Natürlich lässt es sich im Wasser ganz gut aushalten, aber doch höchstens im Sommer und dann auch maximal vielleicht eine Stunde, außer man muss wegen seiner Schuppenflechte vier Stunden im Solebad liegen, bis die oberste Hautschicht abgesuppt ist, da geht es dann auch schon mal länger, aber wünschen möchte ich das keinem. Leben am Land ist um Längen besser. Fische haben es während der Evolution nicht an Land geschafft und sind deswegen äußerst traurig. Das Salz ihrer Tränen soll bekanntlich sogar für den Salzgehalt des Ozeans verantwortlich sein. Noch besser als das Leben an Land ist das Leben in der Luft, denn im Himmel ist man Herrn Jesus und den ganzen anderen derben Wohltätern viel näher. Wenn ein Lebewesen stirbt, kommt es in den Himmel – Fische als Himmelfische, Bienen als Hummeln, Menschen als Engel, Selbstmordattentäter als Puzzle und Pokémon als Glücksbärchis.

Da es sich an Land schon ganz gut aushalten lässt, wissen Landtiere dieses tolle Update ihrer Lebensqualität nicht so sehr zu schätzen, wie es die armseligen Fische tun. Immer murmeln sie ein stummes »Holldrioh«, wenn sie im Himmel ankommen und fliegen muntere Achten durch ihr neues Metier, dass es eine wahre Freude ist.

An meinem Kurzen scheint die Evolution auch mächtig spurlos vorbeigegangen zu sein, wie er so auf seiner Schaukel sitzt und in sein fiktives Telefon spricht. Wahrscheinlich fühlt er sich immer noch, als wäre er unter Wasser und schaukelt deswegen immer so hoch auf seiner Schaukel, um dem Himmel näher zu kommen. Erneut rufe ich nach Mathilde, um ihr die Schuld für das dämliche Kind zu geben, denn wer kann mehr Schuld daran haben als sie, wo es doch so lange in ihrem Bauch auf einen geordneten Abzug wartete? Aber Mathilde kommt keineswegs, sondern antwortet stattdessen, dass das Wenden des Fisches in der Pfanne derzeit ihre ganze Aufmerksamkeit in Anspruch nähme, was ich einerseits herzallerliebst finde, da es ja, wie auch der Dalai Lama sagt, löblich und dem Seelenheil zuträglich sei, sich mit voller Hingabe dem Kochen zuzuwenden, andererseits kotzt es mich auch echt an. Wo nur soll ich meinen Frust über das stupide Gör lassen, wenn die Hauptverantwortliche das Bratgerät einem Schutzschilde gleich vor ihr Haupt hält? Um des Hausfriedens Willen ereifere ich mich nun, Mathilde unwissentlich den Schwarzen Peter zu entreißen und ihn einer andern, höheren Macht zuzuschieben, wobei mein Blick unweigerlich auf die Evolution fällt. Nun ist es natürlich üblich, seinen Feind vor Zerstörung erst zu erkennen, weswegen ich die Evolution in einem Lexikon ausfindig mache – erst nachschlagen, dann zuschlagen, quasi.

Meine Konzentrationsdauer beim Lesen ist relativ kurz, was an den Styrol-Dämpfen liegt, die mir auf der Arbeit – ich verpacke Taschenfederkernmatratzen in Plastikfolie – ständig in die Nase wabern, aber was ich lese, reicht mir. Da steht nämlich, dass Evolution vom lateinischen Tuwort »volvere« kommt, was »drehen« und mit der zu »e« verkürzten Vorsilbe »ex« »heraus-drehen« oder »ent-wickeln« bedeutet.

Diese lexikale Erkenntnis trifft mich dann doch ein bisschen, denn sie schiebt den Schwarzen Peter, der gerade noch gen Evolution gewandert ist, zu mir zurück. »Pipi-Kacka«, sage ich zornig in den Raum, um meiner Wut ein wenig Luft zu machen. Mir ist die Schuld, denn mir oblag die Planung des Gartens und der darin befindlichen Spielgeräte für den Jungen. Natürlich ist es schwierig, sich auf einer Schaukel herauszudrehen, vor allem wenn du als Kind sogar noch versuchst, die Kette der Schaukel einzudrehen, um dich dann wild herauszudrehen, aber dein Vater am Fenster steht, wild gegen die Scheibe hämmert und dir sagt, du sollest aufhören, dumm zu machen. Was war ich nur für ein unwissender Rabenvater! Aber ich gebe mich nicht damit ab, dass mein Sohn nicht gescheit genug ist, um die wahre Funktion einer Banane zu erkennen, welche ja darin besteht, ein Nahrungsmittel und kein Telefon zu sein. In der Hoffnung, all die verlorene Zeit des Nicht-Herausdrehens noch kompensieren zu können, schreite ich nun aus dem Haus, folge dem gepflasterten Pfad zur Garage und schnappe mir aus dieser die Leiter, ein längeres Seil und einen Winterreifen, der eigentlich noch genügend Profiltiefe für eine Saison aufwiese, nun aber der ordentlichen Profilbildung meines Sohnes einen Dienst erweisen muss.

Nachdem ich das Seil an einem robusten Ast oben am Birnenbaum befestigt habe, binde ich mit einem guten Seemannsknoten den Reifen am unteren Ende des Seils fest, sodass dieser für meinen nicht entwickelten Sohn in einer solchen Höhe über dem Boden schwebt, dass er noch mit den Füßen auf den Grund käme, wenn er in dem Reifen säße. Dann rufe ich Boogie, wie sein Name ist, zu mir herüber und erkläre ihm das neue Spielgerät, indem ich es ihm einmal vormache.

»Guckst du, Boogie! So setzt man sich hier rein und dann dreht man sich ordentlich wild. Verstehst du?« Der kleine Kopf, der oben aus seiner Latzhose herausschaut, nickt mir anerkennend zu. »Los, jetzt mach du das«, fordere ich ihn auf und gehe wieder in das Wohnzimmer, um ihn von dort zu beobachten. Zunächst steht mein Kurzer noch ein wenig ratlos vor dem Gebilde, dann klettert er erst auf den Reifen, schaukelt ein bisschen hin und her, dann setzt er sich tatsächlich hinein und beginnt sich wie geplant unter Zuhilfenahme seiner Füße zu drehen. Kurz darauf läutet Mathilde zum Essen.

Während unseres Fischmahls, zu dem es gute Kartoffeln und eine helle Soße gibt, zwinkere ich meiner Liebsten einige Male zu, aber sie reagiert nur mit leichtem Kopfschütteln. Boogie freut sich, als er an diesem Tag nach dem Essen keinen Mittagsschlaf halten muss, sondern direkt wieder zum Spielen in den Garten darf. Als er sich seine Schuhe anzieht, stecke ich ihm noch eine Banane zu und tätschle ihm sein rotes Haar.

Als ich wenig später wieder am Fenster stehe, muss ich einen großen Kloß herunterschlucken, denn ich erspähe Boogie, wie er im Reifen sitzt und die Banane vor sich hält, als wäre sie ein Autolenkrad. Dazu macht er Brummgeräusche und wiegt sich von links nach rechts. Mir wird klar, dass diese Maßnahme ihre Wirkung verfehlt hat und ich mir neue Entwicklungs- und Herausdrehungsmethoden zu überlegen habe. Noch nicht völlig entmutigt nehme ich mehrere Methoden in Angriff, aber alles schlägt fehl.

Nachdem ich Boogie eine Banane reiche, die in Klopapier eingewickelt ist, setzt er sich damit in seinen Sandkasten und tut, als wäre sie eine Mumie, die aus der Wüste emporsteigt, anstatt die Banane zu entwickeln. Nachdem ich geschlagene zwei Stunden mit ihm übe, Schrauben in Holzbalken hinein und herauszudrehen, steht Boogie mit der Banane am Birnenbaumstamm und tut, als wäre die Banane ein Akkuschrauber. Nachdem ich mit Boogie einen ganzen Fotofilm vollknipse und mit ihm die Bilder zum Entwickeln bringe, steht er mit der Banane im Garten und fotografiert damit die Ameisen, wie sie eine Raupe zum Verzehr abtransportieren. Was ich auch tue, Boogie bleibt dumm.

Niedergeschlagen liege ich am Abend neben Mathilde im Bett. Wie immer merkt sie, dass etwas nicht mit mir in Ordnung ist, das ist so eine merkwürdige Fähigkeit, die sie hat, und mich ärgert, dass diese sich nicht auch auf ihren Sohn erstreckt, denn sie hält ihn für völlig normal.

»Was ficht dich an, mein lieber Gemahl?«, fragt sie in die stille unseres Schlafzimmers hinein.

»Na, Boogie, was sonst«, antworte ich ratlos.

»Ja, es ist gar erquicklich, dass du plötzlich einen Draht zu ihm hast, ihm momentan so viel Zeit widmest. Ich glaube, das tut ihm wirklich gut.«

Als Boogie im nächsten Jahr achtzehn und für die Bundeswehr gemustert wird, stellen sie fest, dass er einen hohen Schwermetallanteil im Blut hat, und er wird ausgemustert. Es liege wohl an den Umweltgiften im Meer, die sich in der Fische Zellen niedergesetzt hätten.

Das ändert zwar nichts daran, dass Boogie immer noch nicht entwickelt ist, aber den Schwarzen Peter bin ich los.

Babyklappe
Ralph Weibel

Bin grad etwas melancholisch. Blättere im Fotoalbum und stoße auf ein Bild meiner beiden Söhne. Stehen auf einem Felsen an einem Strand. Grinsen fröhlich in die Kamera, die Hände schüchtern hinter dem Rücken. Wie alt sie da sein mögen? Acht und zehn vielleicht. Eine glückliche Zeit, voller Unschuld. Ferien in Südfrankreich. Ich tollte mit ihnen am Strand, wir bauten Sandburgen und aßen Riesenportionen Eis. So hätte es immer bleiben sollen, denke ich. Blieb es aber nicht. Aus den unschuldigen, süßen Kindern sind Monster geworden. Monster, die meine Zigaretten klauen, Bier trinken und sich ständig Geld pumpen, ohne ernsthaft daran zu denken, es je wieder zurückzugeben.

»Wer Geld hat, aber keine Kinder, ist nicht wirklich reich. Wer Kinder hat, aber kein Geld, ist nicht wirklich arm«, sagt ein chinesisches Sprichwort. Frage mich, wie bekifft dieser idiotische Chinese gewesen sein muss, als er diesen Schwachsinn geschrieben hat. Hätte ich keine Kinder, wäre ich längst reich. Meine Kinder sind mein persönliches Griechenland.

Ich habe zwei Kinder, und ich bin arm dran! Meine besten Jahre habe ich damit zugebracht, überforderten Sozialpädagoginnen zu erklären, dass es mich einen Scheißdreck interessiert, dass Ramon für sein Alter sehr aufgeweckt ist, eine blühende Fantasie hat, vor Kreativität sprüht, aber schlicht und einfach den Unterricht stört. Oder diplomierten Kleinkinderzieherinnen mit akademischem Abschluss, die zu meiner Zeit schlicht Kindergärtnerinnen hießen, zu erklären, weshalb Yves schon im zarten Alter von sechs Jahren Ausdrücke in seinem Vokabular führte wie »Schlampe«, »Hurensohn« oder »Motherfucker«.

Betrachte meinen genetischen Beitrag zum Fortbestand unserer Zivilisation. Sehe einen schwarz gekleideten Achtzehnjährigen mit langen, schwarzen Haaren, der die Überzeugung vertritt, die Welt wäre besser, wenn Heavy Metal ein Pflichtfach wäre. Daneben einen Siebzehnjährigen mit einer Baseballkappe und Hosen, die eine vierköpfige Familie aufnehmen könnten. Mir kommen ernsthafte Zweifel, ob ER das so gemeint hat. Immerhin hat ER im Psalm 127,3 geschrieben: »Siehe, Kinder sind die Gabe des Herrn, und Leibesfrucht ist ein Geschenk.« Geschenk, ja, ich habe das Geschenk mit meinen Kindern. Könnte aber gut darauf verzichten. »Ein Kind macht das Haus glücklicher«, heißt es. Wahrscheinlich habe ich das falsch verstanden. Jedenfalls empfand ich kein extrem großes Glücksgefühl, als ich nach der Rückkehr von einem Kurzurlaub ein Brandloch in unserem Salontisch entdeckte. Ich war so wütend, dass ich meine herzallerliebste Frau Bea fragte, wie lange eigentlich die »Pille danach« wirkt.

»Kinder sind eine Brücke zum Himmel«, sagt ein persisches Sprichwort. So etwas Blödes! Sie sind ein Oneway-Ticket in die Hölle. Das kann jeder bestätigen, der schon nächtelang auf seine Sprösslinge gewartet, sie auf dem Polizeiposten abgeholt oder neben ihnen bei der Jugendanwaltschaft gesessen hat. Als Dante schrieb, »drei Dinge sind uns aus dem Paradies geblieben: Sterne, Blumen und Kinder«, hat er einen großen Fehler gemacht. Er hat vergessen, dass wir im Paradies leben würden, wenn er die Kinder weggelassen hätte. Dann gäbe es nur Blumen und Sterne, wäre doch großartig!

Als gepeinigter Vater will ich zurück in ein großartiges Leben. Locke meine Peiniger deshalb mit dem Versprechen ins Auto, ich würde ihnen alle Wünsche nach iPads, Smartphones und Stereoanlagen erfüllen, ohne Bedingungen zu stellen. Fallen darauf herein. Fahre direkt zur nächsten Babyklappe. »Rette ein Kind, und du rettest die Welt«, zitiere ich Dostojewski. Erkläre Ramon und Yves, ich wolle jemandem die Gelegenheit geben, die Welt zu retten. Fordere sie auf, in der Babyklappe Platz zu nehmen. Erkläre ihnen, mit etwas Glück bekämen sie bald tolle Adoptiveltern. Stoße auf Widerstand. Sehe ein, dass nicht beide Platz haben in der Babyklappe, also nicht einmal einer. Hätte mich früher für die Babyklappe entscheiden müssen. Nehme sie deshalb wieder mit. Fahren schweigend nach Hause. Dort will ich eine letzte Weisheit von mir geben. »Wie schon Konfuzius sagte: Das Leben ...« Werde unterbrochen: »Papa, wie hat doch der französische Philosoph Luc de Clapiers, Marquis de Vauvenargues im 18. Jahrhundert schon gesagt: ›Die jungen Leute leiden weniger unter ihren Fehlern als unter den Weisheiten der Alten.‹«

Während ich darüber nachdenke, setzen sich meine Söhne an den Laptop und googeln: Elternklappe.

Was soll das?

Jacinta Nandi

Ich schreibe jeden Montag einen Blog für die Webseite des englischsprachigen Stadtmagazins »Exberliner«. Unter meinem Blog-Eintrag gibt's normalerweise sieben oder acht negative Kommentare, die meinen Schreibstil und meine ganze Persönlichkeit angreifen.

Einmal schrieb einer: »Diese Jacinta Nandi ist ein perfektes Beispiel von misslungener Integration – und stolz drauf.«

Das stimmt gar nicht ... ich bin nicht stolz drauf! Aber ich muss zugeben: Es stimmt schon, dass ich überhaupt nicht integriert bin:

Ich esse jeden morgen Cornflakes und keine Wurst. Bei meiner Arbeit als Englischlehrerin spreche ich nur Englisch, und kein Wort Deutsch kommt über meine Lippen. Meine Freunde kommen fast alle aus England, Amerika, Neuseeland oder Australien. Ich schicke meinen Sohn auf die internationale Schule, ich spreche mit ihm ausschließlich Englisch, ich lese jeden Tag »The Guardian« im Internet, ich trinke immer Tee mit Milch, und bei mir ist Facebook immer noch auf Englisch eingestellt. Und, am unintegriertesten von allem: An einem Sonntagabend, genau um 20.15 Uhr, genau an dem Punkt, wo ich mir Tatort angucken sollte, setze ich mich aufs Sofa und lege eine *Columbo-* oder *Miss Marple-*DVD ein. – Okay, ein bisschen stolz bin ich vielleicht doch ... ich denke, ich bin Integrationsverweigerin mit Stil.

Es gibt nur einen einzigen Punkt, wo ich integriert bin. Perfekt integriert. Sogar Thilo Sarrazin wäre damit zufrieden:

Beim Schimpfen mit meinem Sohn, wenn er ungezogen ist.

Da bin ich superintegriert. Nee. Mehr als integriert: Ich bin einfach deutsch geworden. Ich bin die supergenervte deutsche Mami. Denn immer, wenn er Scheiße baut, seufze ich genervt und schnaube auf Deutsch: »WAS SOLL DAS!?«

Einmal hat der Rico zum Beispiel die Kartoffeln mit aus der Küche genommen, ins Badezimmer gebracht und sie in die Badewanne geworfen. »WAS SOLL DAS?« (Wir wollten sie waschen, Mama. Sie sahen so schmützig aus.)

Einmal an Halloween hat er mit einem Marker überall Fledermäuse auf den Kühlschrank gemalt. »WAS SOLL DAS?« (Ist Halloween-Deko, Mama, weil heute Halloween ist.)

Rico pinkelt bei seiner Pyjama-Party auf den Fuß eines anderen Kindes. »WAS SOLL DAS?« (Er wollte nicht, dass ich auf seine Hand pinkele, Mama.)

Oder er schreibt auf unsere Wohnungstür ein ganz großes »O« in einem Kreis. »WAS SOLL DAS?« (Das heißt ›OUTSIDE‹, Mama, sodass Gäste wissen, wie man hier rauskommt.)

Rico wirft meinen ganzen Pfeffer in die Toilette rein. »WAS SOLL DAS?« (Also, wir haben ein Experiment gemacht, Mama, so ein wissenschaftliches Experiment, um rauszufinden, ob die Toilette niesen kann, aber sie konnte nicht.)

»WAS SOLL DAS?«
»WAS SOLL DAS?«
»WAS SOLL DAS??????????????«

Es liegt so viel mütterliche Wut, Erschöpfung und Frust in diesen drei deutschen Wörtern. Was soll das! Um sie ins Englische zu übersetzen und dabei den gleichen Frust-Level zu behalten, müsste man ziemlich hart werden. Bei dem Forum von Leo.org schlägt jemand »What's the big idea?« vor, aber ich denke, näher würde man kommen mit: »WHAT THE FUCK YOU FUCKING PLAYING AT, YOU LITTLE FUCKING DICKHEAD – I SHOULDA GOT MYSELF STERILIZED AFTER THAT LAST ABORTION, SO HELP ME GOD.«

Bei meinem Sohn ist die Ausrede, wenn er was Falsches getan hat, immer dieselbe: Er wusste nicht, dass das ungezogen war.

Einmal, als er sich mit seinem Kumpel Sammy in der Badewanne waschen sollte, kam ich ins Badezimmer, um zu pullern, und da meinte der Sammy: »Rico hat in diese Flasche reingepullert.«

Er zeigte mir eine leere Fanta-Flasche.

»Wie?«, fragte ich.

Rico lachte. »Ich habe in die Flasche reingepullert.«

Ich saß auf dem Toilettensitz und guckte den Rico ausdruckslos an. »Aber warum?«, fragte ich verblüfft.

Rico sagte mir: »Ich musste pullern. Und ich weiß, dass es ungezogen ist, in die Badewanne zu pinkeln, also habe ich in die Flasche gepinkelt und sie dann hier reingekippt.«

Ich guckte die leere Fanta-Flasche an. Langsam begriff ich, dass Rico tatsächlich in die Fanta-Flasche reingepullert hatte, und dann die Pisse in die Badewanne gegossen hatte. Ich nahm dem Sammy die Fanta-Flasche ab und guckte Rico in die Augen. Ich spürte, wie meine Verblüffung langsam durch Wut und Sarkasmus ersetzt wurde.

»Und warum«, sagte ich, »hast du gedacht, dass es nicht ungezogen ist, in eine Flasche zu pullern?«

»Ich habe nie gelernt, dass es ungezogen ist, in eine Flasche zu pullern!«, sagte er. Er war das Gesicht der Unschuld.

Ich seufzte. »Warum bist du nicht einfach davon ausgegangen, dass das *wahrscheinlich* ungezogen ist?«

Der Rico zuckte mit den Schultern. »Das hast du mir nie gesagt, Mama«, sagte er. »Du hast mir nie gesagt, dass es ungezogen ist, wenn man in eine Flasche pullert.«

Jetzt war ich wieder die supergenervte, deutsche Mami: »WAS SOLL DAS?« Die drei magischen Wörter. Auf Ricos Gesicht kam ein kleines bisschen verzweifelte Panik.

Ich blickte ihn wütend an. »Und warum«, fragte ich sarkastisch, »warum denkst du, dass du normalerweise keine Erwachsenen siehst, die in Flaschen pullern? Warum sehen wir das normalerweise nicht? Warum haben wir heute Abend auf dem Heimweg nicht irgendwelche Männer gesehen, die in Flaschen reinpullerten? Wenn es nicht ungezogen ist, warum pinkeln Erwachsene nicht in Flaschen rein?«

Die panische Verzweiflung auf dem Gesicht von meinem Sohn wurde ersetzt durch pure Neugier. »Ich weiß nicht, Mama«, sagte er nachdenklich. »Ist es vielleicht deswegen, weil ihre Pimmel zu groß für die Flaschen sind?«

Aber wenn mein Sohn sich sicher ist, dass etwas ungezogen ist, dann ist er sich richtig, richtig sicher. Zum Beispiel beim Nagelstudio. Er ist fasziniert von diesem ungezogenen Laden. Er atmet immer sehr laut, wenn wir da vorbeilaufen und drückt seine Nase an das Fenster.

»Dieser Laden!«, japst er durchs Fenster. »Dieser ungezogene Laden! Sie wollen, dass alle die Menschen in Deutschland wie Struwwelpeter sind! Warum dürfen sie das machen, Mama? Warum kommt die Polizei nicht und sagt: ›Ihr Verbrecher in eurem Struwwelpeterladen, wir machen hier zu, und dann kommt ihr ins Gefängnis!‹?«

Seine Aufregung bei dem Waffenladen auf der Karl-Marx-Straße ist nicht viel geringer.

»So ein ungezogener Laden! Die Leute, die da arbeiten, sind ungezogen, und die, die da was kaufen, sind noch ungezogener! Und so ein Laden ist in der Nähe von unserem Haus!«

Er schüttelt den Kopf. »Warum kommt die Polizei nicht?«, sagt er. »Wenn ich alt bin und bei der Polizei arbeite, schmeiße ich alle die Leute von diesem Waffenladen und diesem Struwwelpeterladen für zwanzig Jahre in die Falle! Und wenn sie nicht mitkommen wollen in mein Polizeiauto, dann erschieße ich sie! Ich erschieße sie, bis sie tot sind!«

Ich nicke.

Letztes Mal, als wir nach England geflogen sind, kam es mir so vor, als ob Rico sich freute, auf die Tatsache, dass er bald geschlagen werden dürfte.

»Bald wirst du mich schlagen können«, sagte er alle zwei Minuten. »Ja«, sagte ich. »Sofort, wenn wir gelandet sind, darf ich dich richtig schlagen. Auf den Popo ...«

»Auf den Kopf?«

Ich nickte.

»Wirst du einen Stock benutzen dürfen?«

»Nur, wenn du wirklich ungezogen bist«, sagte ich.

Er lachte mit Vorfreude.

Als wir landeten, war er zwanzig, dreißig Minuten richtig brav, sodass ich ihn sicher nicht schlagen würde: Seine Augen wurden so groß wie damals, als er mich einmal zu einer Lesebühne begleitet hat, groß wurden sie und glänzten nass, und er war ganz leise. Er hat auch Augenkontakt mit mir vermieden. Aber am Gepäckband vergaß er total, dass ich ihn schlagen durfte, und nahm die Koffer von anderen Leuten, weil ihm die Farben gefielen.

»Oi!«, rief ich. »Hast du vergessen, dass ich dich jetzt auf den Popo schlagen darf, wenn ich will?« Ich nahm unseren Koffer vom Band. »Vielleicht sollte ich dich gleich zwanzig Mal schlagen, jetzt wo wir in England sind, um all die Male, wo du ungezogen warst, wieder gutzumachen?«

Er tanzte von mir weg. »Aber das ist unfair!«, rief er. »Du darfst mich nicht schlagen für Sachen, die ich in Deutschland getan habe! Weil, ich bin ein deutscher Junge!«

Als wir in der Schlange bei der Passkontrolle warteten, sagte er ganz stolz zu einer deutschen Oma: »Meine Mama darf mich jetzt schlagen, weil wir in England sind.«

Sie guckte ein bisschen schockiert, und ich lächelte verlegen. Als sie weg war, sagte ich Rico: »Warum hast du mich an diese deutsche Oma verpetzt? Du weißt, ich werde dich nie wirklich schlagen.«

Rico guckte schockiert. »Aber, Mama, du *darfst* das hier. Also ist das kein Petzen.«

Ich grinste. »Stimmt«, sagte ich, und dann waren wir dran.

Auch Integrationsverweigerinnen können erkennen, wenn ihre Wahlheimat etwas richtig macht. Es ist sehr klug, einfach zu verbieten, dass man seine Kinder schlägt. Es ist viel einfacher, wenn's klar verboten ist. Und außerdem, wir supergenervte deutsche Mamis, wir haben es nicht so nötig, die Kinder zu schlagen. Denn wir haben drei Wörter, die wir stattdessen in jeder Situation benutzen können. Und sie lauten: WAS. SOLL. DAS.

Ich wünsche mir Kinder, ich will sie nur nicht treffen.

Achim Leufker

Wer mag keine Zoos? Also, ich liebe Zoos, besonders die Affen. Das sind meine absoluten Favoriten. Sie sind total drollig. Am wenigsten mag ich diese ... wie heißen sie noch? ... Hier, mit den kleinen Köpfen ... richtig: Kinder. Meine Frau und ich hatten darum letztens ein langes Gespräch. Wir entschieden, dass wir keine Kinder haben wollen. Und wir beschlossen außerdem, dass wir dieses Gespräch hätten führen sollen, bevor wir eine Tochter hatten.

»Ich kann keine Kinder bekommen«, hatte ich meiner Frau gestanden, als wir uns damals kennenlernten. »Warum nicht?«, fragte sie. »Weil ich ein weißes Ledersofa habe«, sagte ich. »Ich kann mir auch nicht vorstellen, ein Baby zu haben«, antwortete sie, »du bekommst dieses Wesen, das dauernd hinter dir herrennt, stolpert, hinfällt und an deinen Brüsten saugen will ... das erinnert mich zu sehr an all diese betrunkenen Typen auf Partys ...«
Irgendwann wollte sie plötzlich doch Kinder. Ich warnte: »Denk doch mal nach. Also ich würde niemals ein Kind zur Welt bringen wollen, denn ein Neugeborenes hat ungefähr die Größe eines Basketballs. Und wenn ich einen Basketball aus meinem Körper zwängen müsste, durch eine – sagen wir – eher beengte Passage, dann würde ich diesen Basketball weder behalten noch jemals wieder sehen wollen, nicht mal an Wochenenden.«
Wir stritten uns darüber so heftig, dass wir zwischenzeitlich den Ehering am Mittelfinger trugen.
Man muss nämlich wissen: Kinder sind auch Terroristen.

Sobald sie geboren sind, versuchen sie, dich durch Schlafentzug zu foltern und zu brechen. So ein Kind will Plätzchen zum Frühstück. Es weiß, dass du Nein sagen wirst. Darum kommt es um vier Uhr morgens mit Springteufel-Elan an dein Bett. Wenn jemand um vier Uhr morgens mit Pinzettengriff deine Augenlider hochzieht, dir in die Pupille glotzt und schreit: »Ich will ein Plääääääätzchen«, was machst du? Du bist ein intelligenter Mann. – Du gibst ihm ein Plätzchen. Das Kind könnte dich genauso gut nach Crack fragen, und du würdest sagen: »Komm her, gib mir dein Pfeifchen, werd high, und jetzt hau ab und glotz *Rugrats* im Fernsehen ...!« Heute weiß ich, Rohypnol ist der beste Babysitter, den man für 17 Euro kaufen kann.

Doof sind Kinder zudem. Als kleiner Dotz saugte meine Tochter Annika in der Wanne sitzend das Wasser aus dem Waschlappen, sie zwängte ihren Kopf durch alle möglichen Gitter oder steckte sich Dinge in Nase und Ohren, die dann mit schwerem Gerät wieder rausgefräst werden mussten. Dabei lächelte sie dermaßen viel, dass ich überzeugt war, sie hätte kein zentrales Nervensystem.

Manchmal war sie aber auch ganz süß und sagte Dinge wie: »Wenn ich groß bin, will ich Papa heiraten!« Meine Frau riet ihr jedoch: »Mach nicht den gleichen Fehler wie ich!« Als ich meine Eltern einmal in Erziehungsfragen anrief, sagten sie nur: »Woher zum Teufel hast du unsere Nummer?« Darum entwickelte ich notgedrungen mit der Zeit ein paar Erziehungstricks: Im CD-Player in der Küche steckte zum Beispiel eine selbst besprochene CD mit einem Appetit anregenden Text: »Wir kommen zum Wetter: Ein Tief über den Azoren bringt uns morgen in ganz Deutschland laaaaang anhaltenden Niederschlag, weil Annika aus Rheine ihren Teller nicht leergegessen hat ...!«

Der Standard-Satz meiner Tochter lautete früher übrigens: »Gib her, lass mich, ich kann das ... oh kaputt ...« Mit einem Kind im Haus gibt es darum auch zwei Fragen, die man sich nicht gleichzeitig stellen möchte: »1. Wo ist mein Portemonnaie? Und

2. Warum höre ich die Klospülung?« Im Laufe der Zeit lernte ich so auch einiges über physikalische Grundgesetze: Wenn sich zum Beispiel ein 35 Kilo schweres Mädchen in einem Prinzessin-Lillifee-Kostüm auf einem Bibi-Blocksberg-Besen mit einer Hundeleine an den Deckenventilator hängt, ist dieser nicht stark genug, sie rotieren zu lassen. Seine Kraft reicht aber locker aus, Ketchup-Spritzer auf allen vier Wänden eines großen Raums zu verteilen. Die Begriffe »Barbie-Puppe« und »Umluft-Ofen« sollten tunlichst nicht im selben Satz verwendet werden. Und wer hätte gedacht, dass ein King-Size-Wasserbett genug Wasser enthält, um ein hundert Quadratmeter großes Erdgeschoss fast vier Zentimeter hoch zu fluten. Und verblüffenderweise macht der Schleudergang einer Waschmaschine Regenwürmer nur benommen, streunenden Katzen hingegen wird schwindelig.

Und nebenbei, Katzen können das Zweifache ihres Körpergewichts auf Teppiche übergeben, wenn ihnen schwindelig ist. Vor diesem Hintergrund buchten wir mit unserer Tochter jahrelang auch nur noch Urlaubsangebote wie »All you can destroy«.

Um unserer Tochter Verantwortungsbewusstsein zu vermitteln, durfte sie irgendwann ein Haustier kaufen, einen Hamster. Meine Tochter fragte mich zu jener Zeit einmal beim Rasenmähen: »Hast du meinen Hamster gesehen?« Und ich sagte: »Ja, aber zu spät!« »Mein Hamster ist tot?!«, zeterte sie. »Heul nicht«, sagte ich. »Bei Omas Beerdigung hast du auch nicht geheult!« »Die hatte ich ja auch nicht von meinem Taschengeld bezahlt«, antwortete sie.

Natürlich haben wir ihr auch die Sache mit dem »bösen Onkel« eingebläut. Durch diese präventive Erziehungsmaßnahme bescherte unsere Tochter uns allerdings später eine peinliche Situation bei Ikea, als uns die Lautsprecherstimme informierte: »Die kleine Verpiss-dich-du-pädophile-Kuh-ich-sag-dir-meinen-Namen-nicht möchte aus dem Ballparadies abgeholt werden.« Gelernt ist gelernt.

Eltern entwickeln eben diesen komischen Beschützerinstinkt.

Als meine Tochter einmal auf einem Pferd mit einem gebrochenen Bein saß, habe ich es sofort erschossen ... und alle Menschen auf dem Karussell sind völlig ausgerastet.

Meine Frau verbot mir sogar meiner Tochter Max und Moritz vorzulesen, da es sich bei diesen Wichten nach ihrer Ansicht im Grunde um die ersten Amokläufer handele. Als die Lehrerin bei der Einschulung die »ABC-Schützen« begrüßte, war die Paranoia meiner Frau komplett. Sie ermahnte unsere Tochter, in Zukunft nur Mitschüler zu mobben, die zu dick zum Amoklaufen sind. Ich hab natürlich sofort interveniert und gesagt: »Du brauchst gar nicht Amok zu laufen, Papa fährt dich!«

Warum ich das alles erzähle? Weil ich gestern erneut Vater geworden bin. Meine neunzehnjährige Tochter ist nämlich wieder zu Hause eingezogen. So ist das mit Kindern ... das Beste hoffen und mit dem Schlimmsten rechnen. Schätze, das Schlimmste an Arbeitslosigkeit ist auch nicht fehlendes Einkommen oder der soziale Status, sondern der Umstand, es mit Kindern zu Hause aushalten zu müssen.

Übrigens, Kinder, es gibt für kleine Wunden gar keine Zauberpuste, wir Eltern sind einfach nur zu faul, nach einem blöden Pflaster zu suchen.

Tough Love

Björn Högsdal

Kleine Kinder sträuben sich oft gegen das Haarewaschen, weil Seife beißend in die Augen geraten kann. In einem Erziehungsratgeber fand ich neulich den Tipp, zum Ausspülen des Shampoos einen Waschlappen über das Gesicht des Kindes zu legen und dann Wasser über den Kopf zu gießen. Rein technisch ist das die exakte Umsetzung der CIA-Foltertechnik [besser: »erweiterten Verhörmethode«] »Waterboarding«. Die CIA greift das Interesse an ihren Methoden auf und plant einen Erziehungsratgeber mit erfrischenden Kombinationen aus schwarzer Pädagogik und weißer Folter wie: »Dunkelhaft: Jetzt ist wirklich Schlafenszeit!«, »Elektroschocks bei schlechten Noten oder Widerworten«, sowie »Schlaf- und Reizentzug bei ADHS«. Die »Stille Treppe« war gestern: Ab in den »Black Room«!

Vielleicht sollte man im Gegenzug überlegen, klassische Elternfolter auf Terroristen anzuwenden. Schickt rechtsradikale Gewalttäter Unterhosen kaufen mit ihren Mamas, und lasst linke Bombenmörder die Kleidung ihrer großen Schwestern auftragen. Mal schauen, was der Taliban so preisgibt, wenn man vor seinen Augen in ein Taschentuch spuckt und ihm damit den Mund abwischt – und genau genommen sind der Nikolaus und Knecht Ruprecht auch nur das klassische »Good Cop – Bad Cop«-Prinzip. Die beiden sollten Befragungen in amerikanischen Militärgefängnissen vornehmen: »Hör mal Osama, ich mag dich wirklich, und wenn du auspackst, habe ich ein echt tolles Geschenk für dich, aber wenn du hier weiter auf stur machst, weiß ich nicht, wie lange ich Ruprecht noch zurückhalten kann ...«

Aber man kann sich hundert Erziehungstipps holen, die richtige Erziehung erwächst trotzdem ganz natürlich und intuitiv aus dem Herzen. Ein Beispiel: Nachdem unser Sohn zum zweiten Mal die Hauptstromleitung durchgebissen hatte, haben wir uns bei ihm ja damals gegen Zähne entschieden. Wir haben sie ihm nicht ziehen lassen, dazu ist erstaunlicherweise kein Zahnarzt in Deutschland bereit, wir haben lediglich seinen Zuckerkonsum gefördert und ausgebaut. So eine Haltung vermittelt Kindern, was konsequentes Handeln bedeutet.

Auch Kompromissfähigkeit sollte man den Kleinen früh beibringen. Er wollte unbedingt eine Katze haben. Und ich bin nun mal Katzenallergiker. Ich habe wöchentliches Heißwachsen als versöhnliches Angebot vorgeschlagen, dann haben wir uns darauf geeinigt, dass unser Sohn das Tier stattdessen regelmäßig nass rasiert. So eine gütliche Einigung ist eine schöne Sache, auch wenn die Katze dann nicht lange bei uns geblieben ist. Dass sie abgehauen sein könnte, kommt mir unwahrscheinlich vor. Sie hatte es ja gut bei uns. Wie verzweifelt müsste eine nass rasierte Katze sein, die im Winter nach draußen in Schnee und eisige Kälte flüchtet? Wir können nur hoffen, dass sie nicht irgendwelchen sadistischen Tierquälern in die Hände gefallen ist.

Kinder sollten sich auch nützlich machen. Deshalb hilft unser Sohn beim Feilschen in den Geschäften. Geraten Rabattverhandlungen ins Stocken, folgt von mir sein Stichwort: »Na gut, dann bezahlen wir den vollen Preis.« Dann legt er mit einem jämmerlichen Husten los und sagt mit brüchiger Stimme: »Wieder kein Geld für Medizin, Papa?« – Der Junge rechnet sich langsam.

Noch besser klappt mit seiner Hilfe das Flirten. Wenn ich mit ihm in die Stadt gehe, schicke ich ihn zu hübschen Frauen, an deren Ärmel er zupft, traurig schaut und fragt: »Willst du meine Mami sein?« – Ich stürze dann fürsorglich hinzu, nehme ihn auf den Arm, sage: »Nein, Schatz, du weißt doch, deine Mama ist bei den Engeln im Himmel.« Is'n Eisbrecher.

Nach einer Weile muss ich schon gar nicht mehr auf schöne

Frauen zeigen, mein Sohn hat selbst einen guten Blick für Körperbau und Gesichter entwickelt. Also es hätte gut laufen können, wenn er »unser Geheimnis« nicht für eine große Portion Eis an meine Frau verraten hätte. Und es hätte deshalb große Probleme geben können – wenn meine Frau neulich nicht dieselbe Nummer bei den *Chippendales* abgezogen und sich dabei von RTL2 filmen lassen hätte.

Entschuldigung an Dustin

Udo Tiffert

I

Es ist das Ende, dachte ich, als ich draußen im Schnee stand. Unser beider Ende. Alles umsonst. Drei Jahre Arbeit, drei Jahre knallhartes Training sind den Ausguss runter! Verhöhnt von einer Pudel-Dressurnummer und einer kleinen Whitney aus Plauen. Zwei kommen weiter. So ein Schrott kommt weiter, und die wirkliche Leistung kriegt einen freundlichen Handschlag, und hinterm Rücken lachen die.

Du, Dustin, ich stand da draußen und hätte mich am liebsten mit Sprit übergossen. Dann kriegte ich diesen eisigen Schneeball an den Kopf, war bestimmt ein Stein drin. Dann kamen fünf Jugendliche oder vier, keine Ahnung, und latschten mir noch in den Rücken, einer machte schon den Hosenstall auf, aber dann hörten die 'ne Tür aufgehen und rannten weg.

II

Das Blut am Kopf begann zu gerinnen, zu trocknen. Ich konnte wieder klar denken, aber noch nicht aufstehen. Eine Weile dachte ich: Was nützen Training, Leistung, Charisma, wenn du an der Beziehungs-Intrigenfront nicht vorbaust! Ich hab mich zu wenig an die Fernsehleute rangeschmissen, ich war mir sicher, dass wir der einzige seriöse Act sind! Wozu dann schmieren, sich ranschmieren, mit der Intendantin schlafen? – Geht hier außerdem gar nicht, höchstens in Brandenburg, hier isses ein Mann.

Ich lag da im Schnee und konnte mich nicht rühren, und ich sah an der Studiowand, wie einen Film, unsere drei Trainingsjahre, hintereinander weg, jeden Tag, jedes Detail, jeden Sturz und wie stolz wir waren, wenn ein Element saß!

Oder die drei Wochen nach deinem Sturz, bis dein Knie wieder mitmachte: Ich habe dir jeden Abend vorgelesen und dann den Fernseher gekauft. Du hättest sonst nicht wieder angefangen. Wenn dir damals die Knie so wehtaten wie mir jetzt der Rücken, dann verstehe ich nun, weißt schon ...

Wir haben viel Geld gelassen dabei: die Schlittschuhe, Kostüme, die Extrahallenzeiten, Herr Müller, der Sprungtrainer, die Physiotherapie, Blumen für die Lehrerin, damit die mal ein Auge zudrückt.

Du hattest immer mal so deine Hänger drin, das ist normal, wolltest lieber Fußball spielen. Ging nicht, glaube es mir, Fußball geht echt nicht: Viel zu hohe Verletzungsgefahr, ein Tritt auf den Knöchel, und alles ist vorbei ...

Mir wird langsam kalt. Ist ein gutes Zeichen, sprechen die Nerven wieder an.

Eigentlich schön, so Naturschnee. Von oben gefallen, von allein, vom Himmel. Du, Dustin, du wirst dieses Jahr zehn. Du bist unser Geschenk vom Jahr 2003. Du hast immer so kräftig den Finger festgehalten, als du ein halbes Jahr alt warst. Hast dabei gelacht. Ein Jahr später fing deine Mutter das mit dem Wessi an, na ja, der ist im Osten geboren, aber '89 gleich rüber ...

Ich dachte, der zeigen wir's mal, der zeigen wir beide, was dabei rauskommt, wenn zwei Männer beharrlich ein Ziel verfolgen ...

III

Nein, ich bin nur ausgerutscht! Ziehen Sie mal bitte an meinem rechten Arm ... Danke, ja, nun ist alles in Ordnung. Ja, ich komme mit rein, ich klopfe nur den Schnee ab ...

Hier bist du, Dustin? Hast dir was zu essen geholt, fein, gut, gut! Ist es genug, bist du satt?

Dustin, wir sind rausgeflogen, weißte schon. Ich war nur kurz draußen, bisschen Luft holen, frische Luft. Falls es eine nächste Staffel gibt: nicht mit uns. Die wollten mich anpissen da draußen, hätte irgendwie gepasst ... Nee, is Quatsch, da war nichts, weißt ja, ich bin auch immer aufgeregt.

Dustin, pass auf: Wir sind raus, aber es war nicht umsonst, nur das Ziel war blöde, sinnlos, meine Schuld, nicht deine! Deine nicht. Entschuldige bitte, tut mir leid, ich habe mich geirrt, ich, nicht du!

Ich denke, ich sag's mal so: Die schönste Zeit war doch die mit dem Vorlesen, oder?

Ich kaufe dir morgen einen Fußball. Bist du satt, magst du lieber'n paar Pommes? Ich war blöde, passiert uns nicht noch mal. Ich lese dir wieder vor, Dustin. Hauptsache, wir sind zusammen.

4. Fremdbetreuung.

oder: Nimm du das mal!

Elternabend im Kindergarten
Johanna Wack

In der Kita meiner Tochter ist Elternabend. Wir sitzen im Krippenraum an Tischen für Ein- bis Dreijährige, auf Stühlen für Ein- bis Dreijährige, die in etwa die Sitzfläche eines Fahrradsattels haben, aber nur so hoch sind wie ein Dackel, trinken Apfelschorle aus bunten Plastikbechern und knabbern Apfelspalten. Mein Hintern tut weh – er fühlt sich so an, als könnte der winzige Stuhl jeden Moment darin verschwinden – und es hat mal wieder keiner, außer mir, an alkoholische Getränke gedacht, weshalb ich mich nicht traue, die Flasche Sekt aus meiner Tasche zu holen.

Die Vorsitzende des Elternbeirats steht auf und beschwert sich, dass das Projekt »Kafka für Krippenkinder« eher schleppend laufe und dass Emily noch gar nicht Schreiben und Rechnen gelernt habe und dadurch den Gruppenschnitt verschlechtere.

Die anwesenden Eltern nicken, halb zustimmend, halb besorgt. Gemurmel. Die Stichwörter »Globalisierung«, »Turbo-Abi« und »Masterstudiengänge« heizen die Stimmung zusätzlich an.

»Außerdem habe ich festgestellt«, führt die Vorsitzende weiter aus, »dass Emilys Benehmen zu wünschen übrig lässt. Sie benimmt sich, wie soll ich sagen, wie eine Vierjährige!«

Entrüstetes Aufschreien von Seiten der Eltern, vorwurfsvolle Blicke in Richtung Kindergärtner. Ein vorsichtiger Einwand der Kitaleitung – »Aber sie ist doch auch vier.« – wird sofort niedergeschimpft: »Um so schlimmer!«, ruft eine Mutter.

»Wir sind doch nicht im Mittelalter!«, schreit ein Vater im Anzug, Apfelstückchen fliegen aus seinem Mund.

»Meine Tochter ist genau so«, flüstere ich der Frau neben mir zu. Sie guckt mich mitleidig an: »Es geht um deine Tochter.«

Scheiße, denke ich, das kommt davon, wenn man seinem Kind einen Modenamen gibt.

Ich war eigentlich immer ganz zufrieden gewesen mit der Kita. Ich dachte immer, ich gebe Emily da ab, sie spielt ein bisschen, fertig. Jetzt sehe ich Emily vor mir: auf dem Schulhof, wie sie von ihren Mitschülern gehänselt wird, das dümmste Kind der Klasse, und das nur, weil alle anderen weiter sind als sie und besser gefördert wurden und nicht immer nur den ganzen Tag gefaulenzt und gespielt haben, und ich hole tief Luft, stehe auf und sage: »Wir wünschen uns eine konsequentere Erziehung unserer Kinder!«

Stille. Alle sehen mich mit offenen Mündern an, als hätte ich zur Prügelstrafe aufgerufen. Irgendwo hinten rechts hüstelt einer. Ich sage leise: »Äh, gewaltfreie Erziehung ...?«

Immer noch Stille. Irgendwo höre ich einen Apfelkern auf dem Linoleumboden aufschlagen. Eine Mutter kichert und flüstert einer anderen etwas ins Ohr. Meine Nachbarin stößt mich an und raunt mir zu: »Du, ... Erziehung ... das Wort ...«

»Aber«, frage ich in die Runde, »was ist denn falsch an Erziehung?«

Eine Mutter kreischt auf vor Lachen. Ich verstehe immer noch nicht. Meine Nachbarin raunt mir zu: »Erziehung ist total 20. Jahrhundert, liest du denn nicht die gängigen Fachzeitschriften, die ›Eltern‹ zum Beispiel? Oder die ›Gala‹?«

»Die ›Gala‹ kann man lesen?«, frage ich zurück.

»Heutzutage erzieht kein Mensch seine Kinder mehr, höchstens Lehrer«, flüstert sie weiter, »das, was Eltern jetzt machen, ist ›coachen‹.«

»Coachen?«

»Das Konzept der Erziehung ist doch schon lange gescheitert, viel zu schwächenkonzentriert. Anpassung, Unterordnung, all der altertümliche Scheiß, wie soll sich ein Kind denn damit heutzutage durchsetzen? Wir brauchen Alphatypen, Führungskräfte, *personality*. Kindercoaching setzt genau da an, es fokussiert die Stärken deines Kindes. Das ist total in, Halle Berry macht das, Katie Holmes ...« Sie schüttelt mitleidig den Kopf: »Kein Wunder, dass deine Tochter so zurückgeblieben ist! Wo soll sie denn ihre Kraft hernehmen? Wie kann sie zwischen Kita- und Freizeitstress ihre Kita-Life-Balance finden?« Sie guckt mich forschend an: »Womöglich macht sie auch noch so eine schreckliche, altmodische Therapie, redet den ganzen Tag davon, wie schlecht es ihr geht und dass Mama oder Papa so gemein zu ihr sind?«

»Na ja«, sage ich, »über was sie da redet, weiß ich nicht so genau ...«

Der Elternkreis lehnt sich seufzend zurück, verschränkt die Arme vor der Brust und sieht mich vorwurfsvoll an. Ich überlege fieberhaft, wie ich die mir entgegengebrachte Verachtung unauffällig auf die Kindergärtner lenken kann. Ich zeige auf sie und frage: »Aber die sind doch noch von Beruf Erzieher, oder etwa nicht?«

Die Gruppe schüttelt den Kopf.

»Du meinst die Kindercoaches?«, flüstert meine Nachbarin. »Schon seit acht Jahren nicht mehr.«

Mein Gesicht glüht. Gerade, als ich beschließe, unter Vortäuschung einer Lebensmittelvergiftung fluchtartig den Raum zu verlassen, steht die Gruppe auf.

»Was jetzt?«, frage ich meine Nachbarin.

»Wir müssen«, flüstert sie. »Die Kinder haben uns zum Essen eingeladen, als Dank für die Finanzierung des Seminars ›Erfolgreich durch die Vorschulzeit – konstruktives Kritisieren für Fortgeschrittene‹.« Sie nimmt ihre Jacke vom Stuhl und läuft raus.

Als alle Eltern weg sind, hole ich die Sektflasche aus meiner Tasche. Ich kippe mir den bunten Plastikbecher voll und trinke ihn in einem Zug leer. Da legt sich eine Hand auf meine Schulter. Ich sehe auf. Mareike, eine der Kindercoaches. Sie ist bestimmt schon fünfzig, wirkt aber dank der drei »M«s – Magersucht, Make-up und Micky-Maus-Stimme – wie Mitte zwanzig. Sie strahlt mich an: »Also wir finden dich super! Du bist irgendwie so anders, so real, irgendwie *old school*.«

War das jetzt ein Kompliment?

»Echt«, fährt sie fort, »du machst das schon, da bin ich mir sicher, du musst nur an dich glauben.«

Ich bin zwar immer noch misstrauisch, aber unter das Misstrauen schiebt sich ein warmes, sonniges Gefühl. Ich lächle.

»Real?«, frage ich. Mareike nickt aufmunternd.

Ich gehe durch den Regen nach Hause und fühle mich plötzlich stark und beschwingt.

Coaches, denke ich. Gar nicht mal so schlecht.

Wenn Eltern sprechen

Jess Jochimsen

Elternsprechabend.

»Soll ich nicht lieber hier bei dir bleiben?«, versuche ich es.

»Nein, nein«, sagt mein Sohn Tom. »Geh ruhig, ich kriege das zu Hause prima alleine hin.«

»So wichtig ist das nun auch nicht, dass ich da hingehe«, sage ich.

»Doch, ist es«, sagt er.

»Ach was«, sage ich, »da wird eh nur belangloses Zeug ...«

»Du musst!«, schließt er das Thema ab. »Elternabend ist Pflicht!«

Es ist noch nicht so lange her, da ging die Welt im Kindergeheule unter, wenn ich abends mal wegwollte, jetzt kann es gar nicht oft genug sein – und so gut kann ich Süßigkeiten und Fernbedienung gar nicht verstecken, dass Tom sie nicht findet.

»Ab ins Bett jetzt«, sage ich, als ich gehe.

»Viel Spaß«, ruft er mir grinsend nach.

So habe ich mir das nicht vorgestellt: Mein Sohn macht sich einen gemütlichen Fernsehabend, und ich muss in die Schule.

Wenn Eltern sprechen ... Ich sitze auf einem winzigen Stuhl in einem muffigen Klassenzimmer und will nichts davon hören, dass die Kuchen für den Schülerbasar bitte glutenfrei sein sollen und »keine Schokoriegel in die Vesperbox« und dass noch »Begleiteltern « für den Wandertag fehlen – was bitte sind »Begleiteltern«? – und natürlich: »Wer besorgt die Girlanden fürs Schulfest?«

»Das Thema ADS sollten wir noch mal vertiefen.«

»Ich möchte bitte die letzte Mathearbeit auf die Tagesordnung setzen und glaube, da spreche ich im Namen aller.«

In meinem nicht! Ich verstopfe meine Ohren vor dem elitären Elterngetöse, dass die noch nicht zutage getretene Hochbegabung des Sprosses einzig und allein am zu laschen Unterricht liege.

»Man muss Kinder nicht nur fördern, sondern auch fordern«, sagt eine teuer kostümierte Mutter und droht beifallheischend, dass es schließlich auch noch andere Schulen in dieser Stadt gebe.

»Wobei, das eine sage ich Ihnen«, raunt mir ein feister Anwaltspapa zu, sollte sein Sohn im nächsten Bio-Test wieder nur eine Drei bekommen, erwäge er rechtliche Schritte. Weil ich nicht antworte, tauscht er mit jemand anderem Erfahrungen darüber aus, welcher Cello- und Klavierlehrer der beste sei.

»Entschuldigung«, kumpelt mich eine fragwürdig zurechtgeschminkte Mutter in bester Spätgebärendenprosa an, »und was spielt Ihr Sohn?«

»Computer und Fußball«, zische ich zurück.

Elternsprechabend.

»Mobbing – so weit würde ich nicht gehen«, sagt ein anderer Vater, der schon den ganzen Abend durch fingerschnipsendes Dauermelden unangenehm aufgefallen ist, aber er finde es schon beängstigend, wie einige Kinder hier ausgegrenzt würden, auch sein Jonathan-Elias tue sich trotz guter Schulnoten und reger Mitarbeit schwer, Freunde zu finden.

Weil er genauso ein dämlicher Streber ist wie sein Vater, denke ich, und das ist das Schreckliche am Elternsprechabend: Hier sprechen die Abziehbilder der Kinder, die exakten Blaupausen der Schleimer, Wortführer, Lehrertaschenträger und Angeber. Die Äpfel fallen nicht weit von den Stämmen ... Und was ist mit den Turnbeutelvergessern, Schweigern und künftigen In-der-Raucherecke-Stehern?

Ein paar Eltern hätten bislang noch gar nichts gesagt oder

beigetragen, unkt das teure Kostüm in diesem Moment, und ob ihnen das Wohl ihrer Kinder nicht auch am Herzen liege? Viele Augenpaare richten sich auf jene Versprengten, die bislang teilnahmslos in den hinteren Bänken saßen und wie ich hofften, dass das hier vorübergehen möge. Schnell erkenne ich in ihnen die Eltern von Toms Freunden Paul, Felix und Luka. So langsam entspanne ich mich.

»Das passt schon«, sagt Pauls Vater, um das peinliche Schweigen zu durchbrechen, mit manchen aus der Klasse komme sein Sohn gut aus, mit anderen nicht so, aber das sei okay für ihn.

»Alles in allem fühlt er sich wohl in der Schule, und ich vertraue ihm.«

Ich nicke. Dann ertönt der Gong.

Das Kostüm und der Anwalt stürzen auf die Lehrerin zu, weil sie noch »etwas loswerden wollen«, der Vater von Jonathan-Elias wischt die Tafel. Ich gehe mit Pauls Papa ein Bier trinken.

Zu Hause liegt Tom friedlich und zufrieden in seinem Bett. Ich vertraue ihm.

Dunant-Grundschule

Daniela Böhle

Es wäre eine Lüge, wenn ich behaupten würde, Pazifistin zu sein. Das können sich Leute leisten, die auf einem Bein auf einer drei Meter hohen Säule stehen und seit zwei Jahren kein Essen mehr zu sich nehmen.

Oder Sozialarbeiter.

Sozialarbeiter, die Grundschülerinnen und Grundschülern zivilisierten Umgang beibringen wollen.

Das ist ungefähr so, als ginge man mit einem Büschel Mohrrüben in den Dschungel, um Tiger zu Vegetariern zu machen.

Mein Sohn geht seit ein paar Monaten in eine Grundschule in Steglitz, und zwar in die »Proletenklasse«. Die Parallelklasse heißt »Intellektuellenklasse«. Erstklässler, die in der Frühstückspause Schach spielen, zünden in der dritten Klasse die Schule an. In der Klasse meines Sohnes sind sechzig Prozent Ausländerkinder, das darf man nicht mehr sagen, deswegen macht es doppelt Spaß. »Kinder nichtdeutscher Herkunft« heißt das jetzt, und ich finde, das klingt viel gemeiner.

Es gibt ein Fach, das heißt DaZ, Deutsch als Zweitsprache, aber das ist irreführend, denn die Kinder, die da hingehen, haben keine Erstsprache vorzuweisen. Kinder nichtdeutscher Herkunft bestücken die DaZ-Stunden zu fünfzig Prozent, die andern fünfzig Prozent sind Kinder deutscher Herkunft. Die können gar keine Sprache, nur einzelne Wörter kennen die, zum Beispiel »Alter« oder »Fick dich«. Die wenigen versprengten anderen Kinder wiederum sind so bizarr behütet, dass sie mit sechs Jahren noch nicht wissen, was Ficken ist. Die andere Mutter, die zusammen mit mir Elternvertreterin ist, hat ihrer Tochter allen Ernstes erklärt, »Ficken« sei ein Schimpfwort, das eigentlich etwas sehr Schönes bedeute.

Und »Arschloch« ist ein Schimpfwort, aber eigentlich etwas sehr Nützliches?

Und »Sau« ein Schimpfwort, aber eigentlich etwas sehr Leckeres?

Mein Sohn hat all diese Sachen schon in seinem Kinderladen kennengelernt.

Letzte Woche kam mein Sohn nach Hause und meinte fast stolz: »Der Vater von Marco, der ist Mafiaboss.«

Ich hatte mir das bereits gedacht, als ich Marcos Vater bei der Einschulung gesehen habe. Jetzt, wo das schon die Kinder herumerzählen, wird allerdings der Boden für Marcos Vater heiß werden, weil nämlich Angelos Vater auch Mafiaboss ist. Cetins Vater ist bei der türkischen und Alexanders Vater bei der russischen Mafia. Ich kann nur hoffen, dass es nicht irgendwann zu einer Vendetta im Klassenraum kommt.

Die Sozialarbeiter.

Mein Sohn kam letztens nach Hause und meinte, er würde nie wieder mit einer Mütze zur Schule gehen, die Drittklässler hätten ihm seine Mütze weggenommen und in den Dreck geschmissen, dreimal. Darauf hätte er keine Lust mehr.

»Lass dir das nicht gefallen«, sagte ich. »Drittklässler, pah! Schnapp dir Cetin und Alexander und Marco und Angelo, und dann verprügelt ihr die Drittklässler!«

»Aber Mama«, sagte mein Sohn pikiert. »Wir haben doch gelernt: Miteinander reden!«

Das waren diese Sozialarbeiter.

Die sind wirklich die wahren Deppen. Die gehen zu den Grundschulen und erzählen denen: »Wenn jemand euch was wegnimmt, euch eine runterhaut oder euren Schulranzen anzündet, dann redet miteinander!«

Tolle Idee! Die hatte damals auch meine Mutter, als sie mir im Sandkasten riet, mit diesen kleinen Arschlöchern, die mir die Förmchen geklaut und mich mit Sand und harten Gegenständen beworfen haben, zu diskutieren.

Die Ficken-ist-was-Schönes-Mutter meinte dazu verblüffenderweise: Erst zuschlagen, dann reden. Dem kann ich mich vorbehaltlos anschließen.

»Miteinander reden?«, meinte ich also zu meinem Sohn. »Was willst du denn sagen? ›Darf ich bitte meine Mütze wiederhaben?‹ Meinst du, der Drittklässler gibt sie dir wieder, wenn du nur ›bitte‹ sagst?«

Mein Sohn schüttelte stumm den Kopf.

»Was haben die denn gesagt, wie ihr miteinander reden sollt?«

Mein Sohn kann sich nicht erinnern.

»Du brauchst 'ne Bande«, sage ich also. »Cetin, Alexander, Marco, Angelo und du, das wär ein Superteam, an euch würde sich niemand mehr rantrauen.«

Mein Sohn grinst. Das, findet er, ist eine gute Vorstellung. Mir ist sehr unbehaglich zumute, aber andererseits habe ich keine Lust, dass mein Sohn so schikaniert wird wie all diese kleinen Schulhofopfer, denen die Turnschuhe geklaut werden oder die ihr Taschengeld am Eingangstor abgeben müssen, um nicht täglich verprügelt zu werden.

Ein paar Tage später habe ich meinen Sohn vom Hort abgeholt. Das hat ziemlich lang gedauert, weil er sich von Marco, Angelo, Cetin und Alexander erst mit einer komplizierten Hand-schlägt-auf-Hand-Hand-packt-Hand-Hand-schlägt-auf-Hand-Prozedur verabschieden musste.

Als mich Marco danach angrinste, sah er seinem Vater ziemlich ähnlich, und ich war nicht sicher, ob ich jetzt ehrenhalber in den Clan aufgenommen war. Mulmig war mir schon, aber mein Sohn geht jetzt wieder mit Mütze zur Schule.

Ach ja, der Sozialarbeiter hat mich übrigens für nächste Woche zu einem Gespräch bestellt. Mal sehen, wer die besseren Argumente hat.

Erdbeermütze

Kirsten Fuchs

Liebe Sterneneltern!

Tieftraurig mussten wir gestern Nachmittag feststellen, dass unsere Tochter in einen Kindergarten geht, in dem sich ein gottverdammter, dreckiger Drecksdieb herumtreibt. (Nicht in dem Sinne, dass der Dieb Dreck stiehlt, sondern einfach als Schimpfwort. Smiley).

Ihr alle habt schon einmal die lustige Erdbeermütze unserer Tochter gesehen, und jedem bereitete es eine kleine Freude, das kleine Mädchen mit der gestrickten Erdbeere auf dem kleinen Kopf zu erblicken und sehr geistreich zu sagen: »Du siehst ja aus wie eine Erdbeere.«

Falls Sie dachten, das wäre ein origineller Kommentar, muss ich Sie leider enttäuschen. Jetzt, wo sich das Misstrauen in unsere Reihen geschlichen hat, fällt es mir leicht, das Deckmäntelchen der guten Kinderstube exhibitionistisch zu öffnen und Ihnen die darunter liegende, nackte Wahrheit mitzuteilen: Auch die Penner, die in der Kälteunterkunft der Stadtmission nächtigten und die wir morgens trafen, wenn sie sich vor der Stadtmission eine Hose über die andere zogen, sagten immer dasselbe: »Du siehst ja aus wie eine Erdbeere.« Und sie strahlten über das ganze verlebte Gesicht, und ihr Tag war nun nicht mehr ganz so schlimm. Vielleicht wärmte sie der Anblick des kleinen Erdbeermädchens so sehr, dass sie auch diesen bitteren Tag überleben konnten.

Doch mit dieser Art Freude ist es nun vorbei.

Ein schäbiger Drecksdieb hat sie genommen. Verstehen Sie mich nicht falsch: Ich möchte Sie nicht beschuldigen. Ich beschuldige Ihre Kinder. Nein, dass Sie die Mütze nicht genommen haben, kann ich mir denken, denn Sie können ja denken. Jeder kennt ja die Mütze von Juli. Sie können sie also gar nicht Ihrem Kind anziehen. Was sollten Sie also mit der gestohlenen Mütze? Anders ein Kind. Ein Kind will nur die Mütze haben. Verstehen Sie mich nicht falsch. Sicherlich sind Ihre Kinder nicht dumm, aber klug eben auch nicht. Smiley.

Des Weiteren beschuldige ich auch nicht direkt Ihr Kind. Ich beschuldige nur das Kind, welches die Mütze geklaut hat.

Bitte befragen Sie also zu Hause Ihre Kinder, ob ihnen am Montag etwas aufgefallen ist. Zum Beispiel eine Erdbeermütze auf dem eigenen Kopf. Und bitte seien Sie so freundlich und glauben Ihrem Kind nicht. Die sagen ja viel, wenn der Tag lang ist. Die halten »Ja« und »Nein« für so etwas Ähnliches wie »mit oder ohne Streusel«, einfach ein kleiner, zu vernachlässigender Unterschied. Na, Sie wissen schon. Smiley.

Bitte lassen Sie uns zusammenarbeiten, um diesen Fall aufzuklären und den Dieb zu finden, ihn bloßzustellen und öffentlich zu richten. So könnten Sie zum Beispiel Ihren Kindern komplizierte Fangfragen stellen: »Bist du der Meinung, dass niemand anderes als du es nicht getan hat, nicht die Mütze von Juli zu stehlen?« Wenn das Kind nun zu lange nachdenkt, haben wir es schon fast überführt; Sie werden sehen, wie Ihr Kind nun ins Schlingern kommt.

Sollten Sie das Gefühl haben, Ihr Kind möchte ein anderes Kind decken, weil es meint, dass diese Art frühe Freundschaft etwas wert sei, dann überlegen Sie bitte, ob Sie selbst sich an auch nur einen einzigen Freund aus jener Zeit erinnern können. Nein. Da ist niemand. Woran liegt das wohl? Es gibt zu dieser Zeit keine Freundschaft, die nicht an einem Bauklotz zerbrechen könnte. Diese Art Vorgeschmack auf die Freundschaft ist nutzloser Tand auf dem Weg zum Menschsein.

Schärfen Sie Ihrem Kind bitte unmissverständlich die Konsequenzen seines Verhaltens ein: Die Juli muss nämlich den ganzen Winter ohne Mütze herumlaufen und wird ganz schrecklich krank. Wenn Ihr Kind nicht selbst die Mütze genommen hat, so ist es nach Ihrer Belehrung mitschuld, wenn Julis kleine Ohren gefrieren und abbrechen. Sie könnten zu Demonstrationszwecken einer Puppe die Ohren abschneiden. Wenn auch das keine Wirkung zeigt, könnten Sie Ihr Kind in den Kühlschrank sperren. Wir würden dasselbe für Sie tun. Smiley.

Verstehen Sie mich nicht falsch: Wir wollen Sie nicht zu unangemessener Härte aufrufen. Nein, wir wollen Sie lediglich zu angemessener Härte aufrufen. Sie wollen doch auch nicht, dass Ihr Kind in so frühen Jahren das Gefühl erfährt, für eine solche Tat nicht bestraft zu werden. Was richtet das an mit dem kleinen Menschen? Er wird sich motiviert sehen, weiter zu stehlen, zu huren und zu brandschatzen. Und ich übertreibe nicht, wenn ich sage, dass solch ein Verhalten nicht zu einem »Sternenkind« passt. Wir müssten die Gruppe umbenennen in »Schwarzes-Loch-Gruppe«.

Und dann klebt ein Zettel unten an unserer wunderbaren Kindertagesstätte: »Wegen Brandschatzung geschlossen. Wir bitten um Ihr Verständnis.« Und dann, das können Sie sich selbst ausmalen, dann sind die Kinder zu Hause. Bei Ihnen zu Hause. Den ganzen Tag. Und Sie können nicht arbeiten und auch sonst nichts.

Also lassen Sie uns ein für allemal ein Exempel statuieren. Wir müssen ja nicht die ganze Hand abhacken. Aber einen kleinen Finger? Das wird ihm eine Lehre sein. Bitte verstehen Sie mich nicht falsch. Ich verdächtige nicht speziell Ihre Söhne. Ich verdächtige ebenso Ihre Töchter.

Wenn ihre Befragungen (Androhung von Schlägen oder richtige Schläge) nichts ergeben, so habe ich Ihnen eine Kopie eines Videos in Ihr Fach gelegt. Unter die Schlafsachen und Schnuller. Auf dem Video weint unsere Tochter Juli ganz bitterlich. Unter uns, sie weint nicht wegen der Erdbeermütze, aber das müssen Sie Ihrem kleinen Dieb ja nicht sagen. Soll er sich ruhig schuldig fühlen, wenn er schuldig ist.

Geben Sie sich nicht damit zufrieden, dass Ihr Kind vorgibt, nichts gesehen zu haben. Was soll es auch sonst sagen? Würden Sie denn einfach so zu uns kommen und gestehen, wenn Sie die Mütze genommen hätten? Nichts für ungut. Sie selbst könnten es ja auch gewesen sein, weil Sie Ihre faden, öden Durchschnittsmützen von Tchibo und H&M satt haben. All diese Billigprodukte, die auf den Köpfen dieser Massen von Kindern eher an Helme einer kleinen stumpfsinnigen Durchschnittsarmee erinnern. Wie Sie sehen, habe ich durchaus Verständnis für Ihre Beweggründe, aber trotzdem bitte ich Sie in aller Form:

Legen Sie dezent die Mütze zurück, und den Kuscheltieren Ihrer Kinder wird nichts passieren. Ich freue mich auf das Hoffest nächste Woche. Smiley.

Viele Grüße,
die Mutter von Juli

PS:
Warum heißen die Eltern der »Sternenkinder« eigentlich »Sterneneltern«, obwohl sie genaugenommen einfach »Sterne« heißen müssten?

Qualitätszeit

Jakob Hein

Viele berufstätige Eltern fragen sich, wie sie gleichzeitig den Anforderungen ihres Berufs und denen der Kindererziehung gerecht werden können. Zu Hause schreien die Kinder, im Betrieb – früher sagte man immer »Betrieb«, wenn man die Arbeit meinte – schreit der Chef herum. Die Kinder wollen mehr zum Naschen, später schlafen gehen, neues Spielzeug. Der Chef möchte auch neues Spielzeug und dass man mehr arbeitet, später schlafen geht. Bei einer vernünftigen Abwägung beider Interessen gehen selbstverständlich die Wünsche des Chefs immer vor. Erstens ist er den Kindern überlegen, und zweitens sind auch die Eltern den Kindern überlegen. Außerdem kann der Chef die Eltern entlassen, während von den Kindern diese Maßnahme nicht zu befürchten ist. Also müssen sie sich fügen. Schließlich verdient man auf der Arbeit das Geld für all die überkandidelten Wünsche der Kinder heutzutage, während einem die meisten Kinder noch nicht einmal das Pausenbrot für die Arbeit schmieren. Darüber hinaus macht man auf der Arbeit sinnvolle Sachen, während die Kinder nur spielen. Und schließlich möchte doch wohl ein jeder am Ende seiner Tage lieber auf einige Jahrzehnte gut verrichteter Arbeit und seinen ab und zu mal zufriedenen Chef zurückblicken als auf eine Handvoll undankbarer Rangen, in die man vergebens Stunde um Stunde seiner kostbaren Zeit investiert hat. Schon so viele haben sich auf ihrem Sterbebett gewünscht, mehr von ihrer Zeit auf der Arbeit anstatt mit der Familie verbracht zu haben. Was also tun mit dem wenigen, was an Zeit für die Kinder übrig bleibt? Gibt es eine Mindestzahl von

Stunden, die man mit dem Nachwuchs verbringen muss? Die Antwort auf diese Fragen bietet das Konzept der »Qualitätszeit«, gern auch nach ihrem amerikanischen Ursprung »quality time« genannt. Dahinter steht die Überlegung, dass es nicht darauf ankommt, *wie viel* Zeit man mit dem Nachwuchs verbringt, sondern *wie* man Zeit mit ihnen verbringt. So verbringen Kinder lieber eine schöne Stunde mit dem vergnügten, verdienenden Vater als ihm einen Tag lang beim Kampfkettenrauchen und Bierbächetrinken zuzusehen. Dieses Konzept ist letztendlich beliebig erweiterbar. »Quality time« ist die Antwort auf alle Fragen berufstätiger Eltern, das »Ja!« (oder »Yes!«) auf die Frage: »Könnten Sie heute noch ein paar Stunden länger bleiben?« Selbst eine Stunde, ja auch fünf Minuten mit dem eigenen Kind reichen pro Tag aus, wenn man sie nur zu Qualitätszeit macht. Wie das geht? Ganz einfach. Erwachsene sind klüger und größer als Minderjährige. Also kommt es bei der Qualitätszeit darauf an, dass die Eltern etwas machen und das Kind dabei zusieht. Man sagt dem Kind einfach, dass man es sehr lieb hat, streichelt es kurz und spielt etwas Kleines, bevor das Kind schlafen muss. Haben Sie sehr junge Kinder und einen Job, wo es auch mal spät werden kann, scheuen Sie sich nicht, die Kleinen einfach für die Qualitätszeit zu wecken. Es ist nun mal so, dass Arbeitszeiten im Gastgewerbe oder im Kulturbereich oft bis weit nach Mitternacht andauern. Das sollte kein Grund sein, dem Kind seine Qualitätszeit vorzuenthalten. Bei pubertierenden Kindern lässt man das Streicheln besser weg, am besten auch den Satz, dass man es lieb hat und das Spielen sowieso. Pubertierenden Kindern sollte man in der Qualitätszeit am besten einfach mit einem indifferenten Gesichtsausdruck gegenübersitzen. Wenn diese Kinder zufällig zu Hause sein sollten. Wenn nicht, dann ist das ihr Pech. Die Qualitätszeit muss von den Kindern abgeholt, nicht von den Eltern gebracht werden. Erzählen Sie Ihrem Kind trotzdem bei der nächsten Gelegenheit von der schönen Qualitätszeit, die Sie für es mitgebracht hatten, und machen Sie eventuell Filmaufnahmen davon, die Sie dann ins Internet stellen. Qualitätszeit spart übrigens auch ungeheuer viel Geld, denn Sie müssen keine teuren Reisen mehr buchen. Verabreichen Sie einfach in der Urlaubszeit Ihrem Nachwuchs reichlich von der guten Qualitätszeit, das kommt besser an als jede noch so exotische Reise.

TEIL II
DIE ANDEREN

5. Die Kinder der Anderen.

oder: Echt süss! Kann ich jetzt gehen?

Die Telefonistin

Volker Surmann

Sie trägt, was angesagt ist im hippen Berlin. Pinke Leggins und einen kurzen Rock drüber, ihren Kopf ziert eine leichte Strickmütze mit farbigen Ringeln, und das im Mai. Sie sitzt auf einer U-Bahn-Bank im Friedrichshain und telefoniert. Sie hört aufmerksam zu, sie nickt, sie erwidert etwas in einer mir nicht bekannten Sprache, wird kurz etwas lauter, nickt dann wieder und lauscht dann mit ernster Miene in den Hörer. Sie hält ihr Smartphone am Ohr, perfekt und grazil, drei Finger an der Längsseite, der kleine Finger sichert das Gerät gegen Abrutschen nach unten, mit der anderen Hand gestikuliert sie verhalten, wenn sie selber spricht, wie viele Menschen es beim Telefonieren tun. Schlussendlich verabschiedet sie sich, nimmt das Handy vom Ohr, schaut einen Moment auf die Oberfläche, streicht über eine bestimmte Stelle und verstaut es in einem Jutebeutel. Ich bin fasziniert: Noch nie im Leben habe ich jemanden dermaßen perfekt telefonieren sehen. Es war Telefonieren in Reinform. Reiner kann man nicht telefonieren. Sie ist die vollkommene Telefonistin, beziehungsweise wäre es, denn ihr Smartphone ist eine leere Tic-Tac-Packung in orange und sie maximal drei.

Warum man nicht vor dem ersten Kaffee aus dem Haus gehen sollte. Oder: Yeiyeiyei!

Dagmar Schönleber

»Könnten Sie mal kurz halten? Danke!« Ohne abzuwarten, drückt mir die Frau, die in der Schlange vor mir steht, ihr Baby in die Hände, und weil mein Reflex durch Bierflaschenauffangen trainiert ist, greife ich zu.

Bisher bestehe ich heute sowieso nur aus Reflexen. Völlig unterkoffeiniert nach einer zu kurzen Nacht, an deren Anfang ein Kübel Maibowle stand und am Ende keiner mehr, irre ich durch mein Stadtviertel, um mich auf ein menschenwürdiges Kaffeelevel zu bringen.

Es regnet, und beim Betreten dieses Cafés, das mir wie eine Oase inmitten einer Wüste erschien, bin ich in etwas getreten, was sich bei näherem Hinsehen als irgendeine Art Spielzeug mit Glöckchen entpuppte, das jetzt an meinem Absatz klebt, sodass ich bei jedem Schritt fröhlich bimmle.

Jetzt aber stehe ich still, sehr still, in Schockstarre nahezu, das Baby am Ende meiner Arme starrt mich an und fängt nach einer kurzen Schrecksekunde an zu schreien. Ich auch. Das Kind sinkt nahezu sofort in ein Maibowlenkoma und schmiegt sich an mein Gesicht wie ein nasser Lappen. Jetzt weiß ich endlich, was das bedeutet: »Einmal gesoffen und schon haste'n Kind an der Backe.«

In dem Moment dreht sich die Frau um, blickt auf ihren dösenden Säugling und staunt: »Wie haben Sie das denn geschafft?«

Ich lächle sie nur überlegen an, versuche dabei nicht zu schielen und spare mir das Sprechen, um nicht direkt die nächste Person ins Delirium zu hauchen. Ich gebe ihr das Bündel mit einem

Nicken zurück, das sie als freundlich auffasst, dabei bin ich nur kurz eingeschlafen.

»Großen Kaffee bitte«, nuschele ich der rotwangigen Frau zu, die hinter der mit selbst designten Lätzchen und Schnullern verzierten Theke steht. »Gerne«, strahlt sie. »Und für ihr Kind?«

»Das war nicht meins!«, wehre ich ab. »Ich hab s nur mal kurz aufbewahrt.«

Die Frau runzelt die Stirn. »Und das da?«

Sie zeigt auf mein Hosenbein, an dem ein circa zweijähriger Junge hängt, der sich augenscheinlich kürzlich mit einem Glas Nutella eingerieben hat. Ich hoffe jedenfalls, es ist Nutella. »Yei-yeiyei!«, quengelt er und zupft so sehr an meiner Jogginghose, dass mir der Gummizug halb über den Hintern rutscht.

»Der gehört mir nicht!«, rufe ich laut und mit viel Atem.

»MAMA!«, quengelt der Kleine lauter.

»Haben Sie getrunken?«, fragt die Frau misstrauisch.

»Natürlich!«, herrsche ich sie an. »Darum brauche ich jetzt ja auch dringend einen großen Kaffee. Kann mal jemand hier das Kind abmachen?«, frage ich in die Runde.

»Na, hören Sie mal«, die Frau redet jetzt sehr laut und deutlich. »Sie können Ihr Kind hier nicht einfach abgeben, wir sind keine Kita!«

Das Kind fängt an zu heulen. Ich schüttele mein Bein, aber es geht nicht ab. Also nehme ich es auf den Arm, wohl wieder ein Reflex. »Pschschscht!«, mache ich, und auch hier funktioniert's: Die Augen des Kindes werden glasig, es fängt debil an zu grinsen und lehnt sich an meine Schulter. Zum Glück scheint es sich bei seiner Kriegsbemalung wirklich um Schokolade zu handeln. Ich muss mir unbedingt das Rezept von der Maibowle geben lassen, wenn ich das flächendeckend an Erzieher verticke, werde ich reich.

Die Frau hinter der Theke sieht mich lauernd an: »Wenn das nicht Ihr Kind ist, warum nehmen Sie es dann einfach so auf den Arm? Sie können doch nicht einfach fremde Kinder herumschleppen! Gerade eben auch schon! Sie sind bestimmt eine von den Irren, die keine eigenen Kinder kriegen können und auf dem Spielplatz welche entführen! Solche kommen hier öfters rein!«

»Sind Sie bekloppt?«, frage ich die Frau ehrlich entsetzt.

»Das fragen Sie mich?«, gibt sie zurück. »Wer kommt denn hier besoffen rein und will Kinder klauen?«

Ich stelle den Kleinen ab. »Yeiyeiyei!«, ruft er hopsend.

»Hören Sie, ich will einfach nur einen großen Kaffee, ich bin nicht betrunken, höchstens vielleicht noch ein ganz kleines bisschen, und ich will GANZ BESTIMMT KEIN KIND!!! NOCH NICHT MAL GESCHENKT WÜRDE ICH EIN KIND HABEN WOLLEN! ICH HÄNGE MIR DOCH AUCH NICHT FREIWIL-LIG EINEN MÜHLSTEIN UM DEN HALS UND GEHE DANN SCHWIMMEN!!!«

Jetzt ist es ganz still in dem Laden, ich sehe mich um, und lauter Frauen gucken mich an. Frauen, die Kinder in verschie-denen Größen halten, füttern, wiegen oder aus Prügeleien um ein Bobbycar zu entwinden versuchen. In einem großen Fenster zur Straße steht mit Fingerfarbe geschrieben: »Das Ehrenfelder Kindercafé«. Schade, dass mir das nicht vor dem Betreten aufge-fallen ist.

»Ich will eigentlich auch kein Kind mehr!«, heult nun eine sehr übernächtigt wirkende junge Frau los. »Von wegen Quell der Freude und so, ich will endlich mal wieder schlafen und aus-gehen und ... und ... und ...« Sie hickst, sofort scharen sich fünf andere Frauen um sie und reden beruhigend auf sie ein.

Eine ältere Frau mit Latzhose und Seidentüchern in Erdfarben um den Hals geht langsam auf mich zu, leicht gebückt und mit ausgestreckten Armen, so als wäre ich ein unberechenbares Tier.

»Ich kann Sie gut verstehen, bleiben Sie ganz ruhig«, murmelt sie mir beschwörend zu, »Schwangerschaftsdepression. Gerade in der zweiten Schwangerschaftshälfte wünscht man sich oft, es wäre nicht passiert. Aber der Alkohol schadet nicht nur dem Kind, auch Ihnen. Und in ein paar Wochen sieht alles wieder ganz anders aus.« Sie umkreist mich mit langsamen, wippenden Schritten.

»Ich bin nicht schwanger, ich habe nur sehr viel gegessen. Es wurde gegrillt gestern!«, schnappe ich beleidigt.

»Totale Verdrängung, ganz typisch«, murmelt die Frau. »Vielleicht sollten wir das Jugendamt rufen, wegen akuter Gefährdung der Kinder.«

Wie aufs Stichwort plärrt das Schokoladengesicht zu meinen Füßen wieder los: »Maaaaaama!« Und alle anderen Kinder blöken aus Solidarität mit.

»Das ist doch alles totaler Quatsch!«, schreie ich am lautesten und stampfe mehrfach mit den Füßen auf, es bimmelt, als nähere sich ein Rentierschlitten. Sämtliche Kinder quietschen vor Freude, vereinzelt wird getanzt.

»Sind Sie der Clown fürs Nachmittagsprogramm?«, übertönt eine kräftige Walkürenstimme aus der hintersten Ecke des Cafés alle anderen empört wispernden Frauen. »Mein Henry fragt schon die ganze Zeit nach dem Clown, Sie sind ganz schön spät dran!«

»Der Clown kommt erst nächste Woche, Gudrun!«, entgegnet die Frau mit der Latzhose genervt, und dann, wieder zu mir gerichtet mit einer Stimme, als moderiere sie ein autogenes Training: »Möchten Sie vielleicht einen Tee? Und einen Kakao für den Kleinen? Ich lade Sie ein!«

»Yei«, erklärt mein Spontannachwuchs zustimmend.

Man muss mitnehmen, was geht, ist eine meiner Devisen, und raus schaffe ich es hier eh nicht so schnell. »Ich hätte gerne einen Kaffee. Und der Kleine auch, danke«, bestimme ich und setze mich an einen der winzigen Tische.

Die Latzhose bringt mir tatsächlich einen Kaffee und einen Caro-Kaffee, nach den ersten Schlucken beginne ich, mich zu entspannen und meine Umgebung etwas schärfer zu sehen. Der Kleine hat unterdessen zwei älteren Kindern das einzige schwarze Bobbycar im Laden weggeschnappt. Guter Junge, er kommt ganz nach mir.

»Jetzt erzählen Sie doch mal. Wo ist denn der Vater?«, fragt sie sanft.

»Es gibt keinen«, stelle ich ruhig fest.

»Also hat er sich aus dem Staub gemacht? Sich einfach verpisst? Dreckskerl, verdammter, so wie meiner. So sind se, kennste einen, kennste alle!«, zischt es vom Nachbartisch, an dem eine interessierte Zuhörerin verbissen in ihrem Gemüsebrei rührt. »Man sollte se alle in einen Sack stecken und draufhauen, triffste immer den Richtigen!«

Die Latzhose strahlt: »Oft erleichtert es schon, wenn man einfach mal drüber spricht!« Sie blickt auffordernd zu mir.

»Ich tippe auf künstliche Befruchtung«, quakt eine Dritte dazwischen, erste Wetten werden abgeschlossen.

Anscheinend ist hier noch mehr zu holen, also lehne ich mich zurück. »Nun, das ist aber eine lange Geschichte, dafür bräuchte ich noch einen Kaffee, und gibt's hier eigentlich auch was zu essen?«

Ich bekomme einen Latte Macchiato und ein Baguette, das so groß ist wie ein geräumiges Puppenhaus.

Die Menge verlangt also nach einer Geschichte.

»Nun, bei Gerd-Günther«, beginne ich gedehnt und deute dabei auf den Jungen, der mit dem schwarzen Bobbycar durch eine Bauklotzarmada fegt und dabei »YEIYEIYEI!« brüllt, woraufhin sieben Kinder gleichzeitig anfangen zu weinen. Ich gewinne ihn richtig lieb. »Bei Gerd-Günther war alles noch ganz einfach. Er war fast ein Wunschkind. Sein Vater war ein großer Verfechter der ...«

In diesem Moment wird die Tür aufgerissen, eine aufgelöst wirkende Frau bricht wie eine Flutwelle herein. »Hat jemand meinen Sohn gesehen?«, heult sie in die Runde.

Mein Kleiner, der von einer Schar weinender Kinder verfolgt wird, rummst mit dem Batmobil schwungvoll gegen ihre Schienbeine. »Oh Gott, Jeremy, da bist du ja! Junge, du kannst doch nicht einfach abhauen, die Mama hat sich solche Sorgen gemacht!«

Ich sollte gehen, so lange alle empathischen Frauen noch Tränen der Freude in den Augen haben.

»Ich hab mich um ihn gekümmert, alles kein Problem, oft erleichtert es schon, wenn man drüber spricht«, nicke ich der Frau gnädig zu, ziehe meine Jogginghose hoch, winke Jeremy-Günther noch einmal zu und verlasse die Lokalität.

Ich platsche durch die Pfützen, leicht überkoffeiniert, und bemerke, dass ein Nutellastreifen meine Hose ziert, hoffentlich denken die Leute, die mir entgegenkommen auch als Erstes an Schokolade ... Jetzt wäre Jeremy-Günther wirklich hilfreich. Überhaupt, irgendwie fehlt er mir schon ein bisschen. Es ist so ruhig ...

»Yeiyeiyei«, murmele ich, hopse ein bisschen, und aufgrund der skeptischen Blicke, die mir zugeworfen werden, beschließe ich, dass etwas zur Beruhigung nicht schlecht wäre. Maibowle vielleicht.

Der Geburtstag

Liefka Würdemann

Als Klara mich zu ihrem Geburtstag einlud, sagte ich sofort zu. In unserem Alter ist es eine ziemlich coole Aktion, seinen Geburtstag an einem Mittwoch um 11 Uhr zu feiern, schließlich können da nur abgefahrene Leute kommen, Künstler, Barkeeper, Selbstständige, und eben keine gewöhnlichen Arbeitnehmer, die unfähig sind, auch mal außer der Reihe an einem Vormittag unter der Woche die Sau rauszulassen. Feste muss man feiern, wie sie fallen – das ist die Devise von uns Coolen. Ich stellte schon mal den Geburtstagsprosecco kalt.

An Klaras Geburtstag wache ich um 10 Uhr auf. Nach einer langen Nacht im *Molotow* schmerzt mein Kopf. Die Schatten unter meinen Augen sind noch schwärzer als sonst, und meine Haare stinken nach kaltem Rauch, so als hätte ich zwei Wochen lang neben Helmut Schmidt geschlafen. Wie ich Klara kenne, hat sie sich gestern bestimmt ebenso den Kopf weggefeiert und wird noch vor ihrem ersten Kaffee eine Zigarette im Hals haben. Da werde ich mit meinem Aroma und im leicht angeschlagenen Zustand nicht weiter auffallen. Ich putze mir kurz die Zähne, laufe einmal unter der Dusche durch und sitze nach zehn Minuten auf dem Fahrrad.

Um 10.45 Uhr klingele ich bei Klara. Zu früh kommen ist zwar uncool, aber dafür haben wir jetzt noch ein bisschen Zeit, um uns kurz auf den neuesten Stand zu bringen, bevor dann die Partymeute einfällt. Klara öffnet mir mit rosigem Teint die Tür. Sie sieht frisch aus wie ein Gebirgssee am Morgen und duftet nach Blumenwiese.

»Liefka, schön, dich mal wiederzusehen!«, flötet sie, und während wir uns umarmen, sagt sie: »Boah, du stinkst wie ein Aschen-becher, meine Güte.«

»Ja, ich war gestern noch ziemlich lang unterwegs, im *Molo-tow* ...«, erwidere ich und zwinkere ihr dabei zu. »Lass uns mal den Prosecco köpfen und auf dich anstoßen!«

Klara nimmt mir die Flasche aus der Hand. »Ich mache ihn dir gerne auf, aber ich bleibe heute bei Tee.«

Irritiert schaue ich sie an. »Warum, bist du krank?«

»Nee, schwanger.«

Erst jetzt bemerke ich, dass Klara eine Beule am Bauch hat.

»Oh«, sage ich bestürzt, »das tut mir leid!«

Nicht, dass ich etwas gegen Kinder hätte. Im Gegenteil. Ich kann mir durchaus vorstellen, mit meinem Freund irgendwann mal eine Familie zu gründen. Also wenn wir genug gereist sind, genug gefeiert haben und sonst nichts mehr zu tun ist. Aber mit Mitte dreißig doch noch nicht. Die arme Klara.

Klara lacht. »Das war geplant. Ich bin jetzt schon lang genug mit Sebastian zusammen, und ich werde schließlich nicht jünger. Du übrigens auch nicht, Liefka«, sagt sie, lächelt und versprüht dabei so viel Seelenfrieden, dass mir übel wird.

»Äh«, stammele ich. Mir ist plötzlich jegliche Gesprächsidee entfallen.

»Aber gut, dass du da bist, Liefka. Du kannst mir noch kurz helfen, die Käseplatte anzurichten, bevor die anderen kommen.«

Käseplatte? Bisher hatte es bei Klara höchstens Kippe und Kaf-fee gegeben und an Feiertagen vielleicht noch einen Rollmops aus dem Glas. Ich bin irritiert und erwarte sehnsüchtig die Gäste.

»Wer kommt denn alles so?«, frage ich.

»Ach, Janina kommt mit ihrem Felix, Agnes bringt Torsten mit und dann haben sich noch Sanni und Sahira angemeldet.«

»Oh, eine Pärchenveranstaltung ... Na, wir werden nicht jün-ger«, sage ich mit brüchiger Stimme und versuche, gute Miene zu machen.

»Warum Pärchen? Das sind die Kinder«, sagt Klara trocken.

Ich starre sie mit offenem Mund an. »Und warum bin ich dann eingeladen?«

»An einem Mittwochvormittag können nur Mütter oder so Leute wie du, die halt nicht richtig arbeiten.«

»Moment mal, wie ›nicht richtig arbeiten‹?«, frage ich brüskiert.

»Na ja, du mit deinem Geschreibe.« Klara zieht eine Augenbraue hoch. »Das ist natürlich total super, aber irgendwann wird's auch Zeit, erwachsen zu werden.« Sie tätschelt mir den Rücken. Ich fühle mich wie auf dem Bahnsteig in Uelzen: Der ICE rast ohne Stopp mit dreihundert Sachen an mir vorbei.

Es klingelt.

»Machst du mal auf?«

Wie ferngesteuert betätige ich den Summer und trete in den Hausflur. Drei Stockwerke unter mir höre ich Rumpeln und Poltern und dann Janinas Stimme: »Kann mir mal jemand helfen? Ich komme hier nicht allein hoch!«

Hilfesuchend schaue ich in Klaras Richtung, doch die ist bereits wieder in der Küche verschwunden und klappert mit Besteck und Tellern. Das letzte Mal, als ich bei ihr war, hatte sie kein Geschirr bis auf zwei Kaffeebecher und einen tiefen Teller, der immer wieder als Aschenbecher missbraucht wurde.

Ich stolpere nach unten.

Als Janina mich sieht, lächelt sie. »Schön, dass du auch da bist!«

Sie umarmt mich, jedoch hängt zwischen ihr und mir ein schlafendes Baby; ich habe Angst, es zu zerquetschen.

»Oh, du stinkst ja wie ein Aschenbecher, puh!« Sie rümpft die Nase, drückt mir dann den Kinderwagen in die Hand. »Würdest du!«, ordnet sie an und steigt die Stufen hoch.

Ich frage mich, ob das vielleicht einfach so ist, dass Mütter Bitten nur in Befehlsform stellen können, weil ihnen bei all dem Babyalarm die Zeit fehlt, Fragen zu formulieren, und rumpele mit dem Kinderwagen hinterher. Dabei stolpere ich, kann aber im letzten Augenblick verhindern, dass mir der Kinderwagen entgleitet.

»Pass bitte auf den Wagen auf, der war tierisch teuer!«, ruft sie aus dem Stockwerk über mir.

Als ich fluchend oben ankomme, ist die Karre noch heil, ich hingegen habe diverse Blutergüsse und Quetschungen.

Es klingelt erneut. Ich drücke auf den Summer und renne schnell an Janina und ihrem Felix vorbei, verstecke mich auf der Toilette, um bloß nicht noch einmal nach unten zu müssen. Mir ist jetzt schon warm genug, das reicht an sportlicher Betätigung für diesen Tag.

»Liefka, geh doch gleich noch mal runter. Ich glaube, die können deine Hilfe gut gebrauchen«, höre ich Klara aus der Küche rufen.

»'N Kind kriegen, aber nicht allein in den dritten Stock kommen«, murmele ich genervt und rolle die Augen.

Eine halbe Stunde und zwei Mütter samt schlafendem Anhang sowie zwei Windeltaschen und Kinderwagen später stehe ich verschwitzt im Wohnzimmer. Die Kinder sind mittlerweile alle wach. Ihr Gebrüll ist unerträglich.

Agnes ruft: »Ich glaube, die mögen den Geruch hier nicht. Sag mal, Klara, rauchst du etwa wieder? Du weißt, dass das nicht gut ist.«

Klara sieht mich missbilligend an.

»Ja ja! Ich war gestern im *Molotow*, da wird halt auch drinnen geraucht! Stellt euch vor! Ich gehe an einem Dienstag feiern, aber ich arbeite ja sowieso nicht richtig, insofern ignoriert mich einfach oder werft mich gleich vom Balkon, ich bin offensichtlich eh kein nützliches Mitglied der Gesellschaft, wenn ich hier nicht auf der Stelle gebäre!«, denke ich. Und brumme: »Sorry.«

In dem Moment pupst Klein-Torsten. Sofort stinkt es im Wohnzimmer nach Kloake. Klara und die drei Mütter schauen Klein-Torsten gütig an.

»Ja, hast du Kacka gemacht! Sehr gut!«, säuselt Agnes und verschafft sich auf dem prächtig gedeckten Frühstückstisch genug Platz, um Klein-Torsten neben dem Brötchenkorb zu wickeln.

Ich denke daran, dass Geruch auch immer aus Partikeln besteht und sich Klein-Torstens Kacke nun über das gesamte Büffet verteilt. Aber klar, ich stinke. Ich verziehe mich beleidigt auf die Couch.

»Liefka, kannst du sie mal kurz nehmen!«, ordnet Sanni an.

Und schon habe ich die kleine, zerknautschte, vier Monate alte Sahira auf dem Schoß. Sie greift ohne Umschweife in meine Haare und reißt mir eine Strähne raus. Sofort will ich das verschlagene Miststück weglegen, als sie mich mit einem zahnlosen Mund anlächelt und dabei fröhlich gluckst. Ein Speichelfaden zieht sich von ihrem Mund auf meinen Handrücken. Ich bemerke, dass alles um mich herum nach Baby duftet. Ich schnuppere an Sahiras Kopf. Interessant. So ein kleines Wesen ist schon niedlich, das muss ich zugeben. Dann kotzt mir die Kröte auf die Brust.

Ich funkele sie böse an, doch Sahira scheint mit ihrer Leistung zufrieden, gluckst selig auf, während mir Sanni mit einem offensichtlich schon diverse Male benutzten Spucktuch das Erbrochene sorgfältig in den Pulli reibt. Ich ergebe mich meinem Schicksal für diesen Tag und wiege Sahira in meinem Arm. Sie schläft sofort ein.

Eine halbe Stunde später habe ich zwei weitere Kinder auf dem Schoß, alle schlafen. Klara und die Mütter sitzen verzückt um mich herum und diskutieren, ob ich bestimmte Vibes aussende, die die Kinder beruhigen. So schnell wären die Kleinen aushäusig ja noch nie eingeschlafen, toll toll toll, also Klara, dass du Liefka eingeladen hast, suuuper, komm, wir machen ein Foto, sie kann sich ja nicht wehren, hihi, knips knips.

Ich sitze da. Mir ist warm. Felix schnarcht.

Klara guckt mich immer wieder hintergründig lächelnd an.

Als die Kinder nach zwei Stunden erwachen und hungrig sind, hauche ich ein »Tschüss« in die Runde. Klara macht Anstalten, mich zur Tür zu bringen.

Ich sage: »Lass nur, ich finde alleine raus. Ich melde mich die Tage bei dir.«

Dann ziehe ich mir im Flur die Schuhe an. Aus einer Wickeltasche lugt eine Tube Babycreme hervor. Ich stecke sie ein und gehe.

Erst zu Hause bemerke ich, wie sehr mich die drei Stunden geschafft haben. Ich creme mir die Hände mit der Baby-Paste ein. Irgendwie sind Babys ja auch süß. Mir fällt wieder Sahiras zahnloses Lächeln ein. Gerissenes Biest.

Dann lege ich mich ins Bett, schnuppere an meinem Handrücken und träume von Babys, die mit Salatblättern garniert auf einer Käseplatte liegen und dabei fröhlich eine Roth-Händle nach der anderen paffen.

Von Kindern und Rasenmähern. Oder: Die Ästhetik des Aktenvernichtens

Patrick Salmen

Kinder sind etwas Wunderbares. Wirklich. Ich liebe Kinder. Und wenn ich eines an Kindern ganz besonders liebe, dann ist das ihre aufrichtige, unbekümmerte Ehrlichkeit.

Als ich damals meinen Zivildienst an der Grundschule beendet habe, haben die Kinder mir zum Abschied ein kleines Buch gestaltet. Buntstiftzeichnungen, lustige Verse, kleine Gedichte – es war ein monumentales Werk. Dann auf Seite 12: Rahim, sieben Jahre alt, schrieb Folgendes: »*Lieber Herr Patrick, ich wünsche dir ein neues Leben.*«

Und bis heute weiß ich nicht, was der kleine Mann mir damit sagen wollte. Ich bitte Sie also zu berücksichtigen, dass mir diese Geschichte ein wenig entglitten ist ...

Es gibt Situationen im Leben, da fehlt mir wohl manchmal schlicht und einfach das nötige Feingefühl. Babys zum Beispiel. Reizthema. Wenn man nämlich ehrlich ist, sind Babys nicht wirklich zwangsläufig schön anzusehen. Kürzlich erst war ich zu Gast bei Freunden, welche mir voller Stolz ihren Nachwuchs präsentierten:

»Hier, schau mal, unser Kind. Ist es nicht süß?«

Ich zögerte ...

»Nein! Wenn ich ehrlich bin, sieht es aus wie ein Pfund grobe Teewurst.«

Was sollte ich sagen? Es war die Wahrheit.

»Und wie findest du's?«

»Kommt ganz nach dem Vater.«

»Willst du's mal halten?«

Ich musste nachdenken. Warum sollte ich das halten wollen? Und überhaupt: Was ist das für eine Frage? Beim Metzger: »Hier! Fünfhundert Gramm Nackenkotelett. Wollen Sie es mal halten?« Schön, dass sie mir diese Kompetenz zutrauen. Ich gebe ja zu, ich kann jetzt nicht so viel, aber Dinge in der Hand halten, das bekomme ich gerade noch so hin.

»Nein. Danke.«

»Ach komm. Nimm es doch mal. Du musst doch lernen, damit umzugehen. Kinder sind unsere Zukunft.«

»Ja, ja«, murmelte ich. »Der Atomkrieg ist auch unsere Zukunft.«

»Ach, komm. Er entwickelt sich doch prächtig.«

»Klar. In fünf Jahren wird der Kleine in den Spiegel gucken und sich sagen: ›Hey, ich sehe zwar aus wie Gehacktes und hab das ausgeglichene Gemüt eines *Rammstein*-Konzerts, aber jetzt verwandele ich mich doch einfach mal in Sankt Martin.‹«

»Aber ich bitte dich. Unser Junge ist hochbegabt. Er kann sogar schon Klavier spielen.«

»Na ja«, grummelte ich. »Wenn das ein Trost ist.«

Ich musterte das Kind von oben bis unten. Ein bisschen putzig war es ja schon. Ich überlegte mir kurz, ob ich es einfach mitnehmen sollte. Das wäre doch mal was anderes. »Hier, Schatz, ich habe ein Kind mitgebracht.« – Warum nicht?

Ein besseres Geschenk als letztes Jahr würde es schon werden. Silvias Geburtstag 2011. Wobei ich dazu sagen muss, dass ich es eilig hatte und nur noch am Bahnhof einkaufen konnte. Souvenirtassen sind albern, und mir blieb halt nichts anderes übrig ... Das anschließende Szenario lässt sich in einem kurzen Dialog zusammenfassen:

Ich: »Hier, Schatz, zum Geburtstag.«

Sie: »Was ist das?«

Ich: »Ein Schinken.«

Sie: »Ein Schinken?«

Ich: »Ein Schinken.«

Unsere Trennung war dann nur noch ein Akt der Förmlichkeit, und wenige Tage später gingen wir bereits getrennte Wege. Und ausgerechnet vor kurzem kam dieser Tag, Gott verfluche ihn, dass, wann auch immer ich ein Kind gesehen habe, egal wie wulstig und puterrot es auch war, ich mir nur dachte ... *Putzig.*

Gut, bei meinem Klo denke ich auch immer »Putz ich«, und im Endeffekt macht's dann keiner. Aber diesmal wirklich. Putzig! Speckig, aber putzig.

Es kommt ja immer mal wieder vor, dass man Dinge haben möchte. Einfach so. Weil gerade der Reiz da ist. Ich bin besonders anfällig für so etwas. Wenn ich etwas haben will, wird es angeschafft. Beispiel: fahrbarer Rasenmäher. Viel zu teuer der Mist. Hab ich gekauft. Und ich besitze überhaupt gar keinen Garten.

Aktenvernichter – auch so eine Sache. Ich erinnere mich an eine kleine Debatte mit der Freundin.

»Schatz, ich brauche einen Aktenvernichter.«

»Wofür?«

»Zum Aktenvernichten.«

»Welche Akten?«

»Geheime Akten.«

»Was hast du denn schon für geheime Akten?«

»Fällt dir was auf? Nein? Wenn du das wüsstest, wären sie nicht geheim.«

»Schatz, wir müssen uns nichts vormachen. Du hast keine geheimen Akten. Das Einzige, was in unserem Briefkasten liegt, ist der Supermarktprospekt.«

»Siehst du. So was ist geheim. Du willst ja gar nicht wissen, was die für krumme Dinger drehen. Außerdem hat dieser Aktenvernichter einen symbolischen Wert.«

»Welchen?«

»Vernichtung.«

»Was willst du denn vernichten?«

»Dich. Eigentlich will ich dich vernichten. Ich fürchte mich vor dir. Du engst mich ein.«

»Wir kennen uns doch erst zwei Tage.«

»Siehst du, und schon willst du mir einen Aktenvernichter verbieten.«

Das artet aus. Eigentlich wollte ich über Kinder reden. Selber wollte ich noch keine Kinder haben, da ich mich zu unreif fühlte. Ich war also gezwungen, passiv erst mal in die Vaterrolle hineinzuwachsen, um so herauszufinden, ob das was für mich ist.

Nun musste ich irgendwie in Kontakt mit Kindern kommen, aber meine ganzen verheirateten Kumpels gingen mir auf den Keks, seit sie Kinder hatten. Uwe zum Beispiel hat seinen fünfjährigen Sohn bei solch einem Fernseh-Casting-Unfug angemeldet, nur weil der Junge Gitarre spielen kann. Dass der kleine Mann dafür weder laufen noch sprechen kann, verschwieg er natürlich. Kai lädt dauernd Fotos von seinem Sohnemann in diesen Sozialnetzwerken hoch. Das fing schon bei der Geburt an. Wenn ich eines bei Facebook nicht sehen will, dann sind es Bilder von schwangeren Bäuchen. Nicht, weil ich das jetzt unästhetisch finden würde, sondern schlichtweg, weil das etwas sehr Intimes ist. Es folgten Bilder von Sohnemanns Geburt, Sohnemanns erster Fütterung und Sohnemanns erster Kackwurst. Was willst du da machen als Kind? Da kannst du selber natürlich noch nicht viel mitreden. Was sind das nur für Menschen, die ihre albernen Familienvideos zu *Uups – die Pannenshow* schicken. »Oh, seht mal, mein dreijähriger Sohn fliegt von der Schaukel und landet mit der Fresse frontal in der Steinmauer. Gut, er ist jetzt querschnittsgelähmt und auf einem Auge blind, aber der Gag war es doch wert.« Nee, nee. Ich verstehe das alles nicht.

Aber weil ich Angst habe, genauso zu werden und meine Kinder mit Marionetten zu verwechseln, will ich halt erst einmal üben ...

Nach langem Suchen habe ich dann doch noch ein Leihkind

ergattert. Die kleine Tochter von meiner chinesischen Nachbarin.

Ich werde oft angesprochen, ob das Kind von mir ist. Neulich auf dem Spielplatz:

»Warum haben Sie ein chinesisches Kind?«

»Warum haben Sie *kein* chinesisches Kind? Chinesische Kinder sind viel süßer als andere Kinder. Schauen Sie sich doch mal um! Da hinten zum Beispiel, der kleine dickliche Speckmops auf dem Klettergerüst. So etwas ist doch nicht schön.«

»Das ist mein Kind.«

»Sehen Sie. Hätten Sie besser auch einen Chinesen. Dann wären Sie auch nicht so verbittert und würden so eine Flappe ziehen. Mit so einem Kind würde ich auch nicht glücklich werden.«

»Also hören Sie mal, der Junge ist mein ganzer Stolz. Ich liebe ihn über alles.«

»Ich bewundere Ihren Optimismus.«

»So eine Unverschämtheit. So etwas muss ich mir nicht anhören.«

Was sollte ich jetzt nur sagen? Es war ja gar nicht böse gemeint. Obwohl!? Ich dachte an Rahim. Nein! Das wäre zu hart. Ach egal ...

»Ich wünsche Ihnen ein neues Leben.«

Die Frau stand auf und zog empört von dannen.

Die ist aber sensibel, dachte ich mir ...

Das Leihkind

Michael-André Werner

»Wenn du ein Kind hast, lernst du ständig neue Leute kennen«, sagt eine Freundin zu mir, die ein Kind hat und ständig neue Leute kennenlernt. Ich will auch neue Leute kennenlernen, denke ich, vor allem neue weibliche Leute, die können meinetwegen auch Kinder haben. Muss ich ihnen keine machen.

Also sage ich zu der Freundin: »Her damit!«, und leihe mir ihr Kind aus. Es ist ein Junge. Oder ein Mädchen. Es trägt eine Windel und einen Strampler und heißt Toni. Ich nenn es »Kind«. Es hört ja eh noch nicht auf seinen Namen. Oder auf ihren. Die Freundin legt das Kind in den Kinderwagen, aber ich sag: »Lass, ich nehm es gleich so«, und hebe es an, ist ja ganz leicht. Die Freundin zuckt gleichgültig mit den Schultern, wickelt mir das Kind mit einem langen Tuch vor den Bauch und sagt: »Hier, nimm den Schnuller mit, falls Toni schreit.«

Unsinn, denke ich, wieso soll es schreien? Es schläft doch. Aber kaum sind wir um die nächste Ecke, wacht das Kind auf und schreit, als hätte es einen Tinnitus verschluckt. Ich hole den Schnuller aus der Jackentasche, es sind ein paar Krümel dran. Ich stecke den Schnuller in den Mund, um die Krümel abzumachen. Schmeckt ein bisschen fade. Das Kind starrt mich an und hört auf zu schreien. Ich gebe ihm den Schnuller. Jetzt sind wir Freunde.

Wir schlendern die Spree entlang. Eine ältere Dame kommt uns entgegen, sieht das Kind und lächelt mich an. Na bitte, klappt doch, das mit dem Neue-Leute-kennenlernen. Jetzt nur noch so fünfzig, sechzig Jahre jünger ...

Keine zwei Stunden später, in denen ich mich mit alten, alleinstehenden Männern über das Wetter, das Fernsehprogramm und die Sparpläne der Regierung unterhalten musste, habe ich die Schnauze voll. Das Kind wird auch von Schritt zu Schritt schwerer, wahrscheinlich ist es in einer Wachstumsphase. In der Ferne sehe ich einen Laden mit der Schrift »Kindercafé Windelweich« über der Tür. Ich gehe rein, wickle das Kind aus und setze mich. Das Kind sitzt auf meinem Schoß, nein, es hängt ein bisschen unförmig, ich muss es festhalten, damit es nicht mal nach links, mal nach rechts kippt.

Ich bestell einen Kaffee.

»Mit Schuss?«, fragt eine junge, hübsche Kellnerin, die meinen Anforderungen an neuen Leuten schon näher kommt.

»Mit was?«, frage ich dennoch etwas verwirrt.

»Wir haben zur Auswahl: Whiskey, Wodka, Amaretto, Baileys …«

»Was?«, frage ich. »Wozu?«

»Manche Eltern brauchen das«, antwortet sie und zeigt in die Runde.

»Ach so«, sage ich, »nein, danke. Ohne.«

»Sehr gern«, sagt sie und lächelt von dannen.

Während ich auf mein Getränk warte, habe ich Zeit, mich ein wenig umzuschauen. Ich sitze in einem hellen Indoorspielplatz. Es gibt eine kleine Wohnzimmerrutsche, die in einen Sandkasten ohne Sand, aber mit bunten Bällen mündet, Kisten und Regale voller Spielzeug, Hoppehoppereitertiere aus Holz, Plastik, Schaumstoff und in aufblasbar. Die Eltern beobachten ihre Kleinen beim Spielen, Schubsen, Treten und Schreien. Ein Kind hält sich an dem Stuhl fest, auf dem seine Mutti sitzt. Dann lässt es los. Dann fällt es um. Zuerst auf den Hintern, dann auf den Rücken, dann lässt es den Kopf auf den Fußboden aufkommen. Dann überlegt es einen Moment, während es zur Decke schaut, was passiert sein könnte und ob das wehtut. Dann beginnt es zu schreien.

Eine Mutti springt auf, hebt das Kind hoch und tröstet es.

Das Kind auf meinem Schoß nuckelt.

Es ist langweilig. Zeit, mich einer Lektüre zu widmen. Ich nehme ein Nachrichtenmagazin und blättere darin herum. Im Augenwinkel bemerke ich, dass jemand an meinen Tisch getreten ist, und in Erwartung, dass jemand mein bestelltes Getränk hinstellt, sage ich »Danke« – ein durch langjährige Cafébesuche erworbener und perfektionierter Reflex. Aber niemand stellt ein Getränk hin und geht wieder. Ich blicke hoch und sehe ein Kind, das an meinem Tisch steht und mich anstarrt.

Ich starre ein Weilchen zurück.

Schließlich sage ich: »Na?«

Keine Antwort vom starrenden Kind.

»Wie heißt du denn?«, beginne ich eine unverfängliche Konversation, offenbar muss ich, um neue Leute kennenzulernen, erst einmal deren Kinder kennenlernen. »Ist deine Mutti noch Single?«

Das Kind starrt.

»Bist du ein Junge?«, versuche ich es einfacher. »Oder ein Mädchen?«

Das Kind starrt. Ich fühle mich in eine Stephen-King-Romanverfilmung hineinversetzt.

Dann zieht das Kind die Schultern hoch und lässt sie wieder fallen.

»Aha«, sage ich.

Die Kellnerin kommt und stellt den Kaffee ab.

»Süß«, sagt die Kellnerin zu mir, »Junge oder Mädchen?«

»Wer, ich?« frage ich.

Irgendwo fällt ein Kind um.

»Ihr Kleines«, sagt sie.

Ich ziehe die Schultern hoch und lasse sie fallen. Sie schaut mich überrascht, fast entsetzt an.

»Hauptsache gesund«, sage ich.

»Maxi«, ruft eine Mutti. »Maxi, komm mal her, und lass den Mann in Ruhe.«

Das starrende Kind dreht sich grußlos um und rennt weg.

Ich schaue die Kellnerin an und zucke mit den Schultern.

Irgendwo fällt ein Kind um.

Zwei Kinder fangen an, sich an der Rutsche zu hauen. Die Mutter des einen will sich einmischen, aber der Vater des anderen Kindes sagt, die Kleinen sollen lernen, ihre Differenzen allein auszutragen. Dann nimmt er Wetten von den anderen Vätern an, welches der Kinder gewinnen wird.

Ich lese weiter.

Jemand tritt von der Seite an meinen Tisch und legt etwas hin.

»Danke«, sage ich – oder mein langjährig erworbener Café-besuchreflex. Dann blicke ich auf und sehe ein Feuerwehrauto neben meiner Tasse stehen.

Irgendwo fällt ein Kind um.

Eine junge, hübsche Frau – wahrscheinlich eine Mutter – setzt sich an meinen Tisch. »Ich hoffe, Maxi hat Sie nicht gestört, eben«, sagt sie.

»Nein, nein«, sage ich, »wäre ich hier, wenn mich Kinder stören würden ...«

Sie lächelt.

Das Kind auf meinem Schoß spuckt den Schnuller aus. Ich stecke ihn ihm wieder in den Mund.

»Junge oder Mädchen?«, fragt sie.

»Ich?«, frage ich zurück.

Sie lacht. »Nein, ihr Kind.«

»Mmmmmmmmmm ...«, beginne ich und überlege, was ich jetzt antworten soll, da kommt das starrende Kind an, kuschelt sich an seine oder ihre Mami und starrt mich an. Dann nimmt es meinem Leihkind den Schnuller weg und steckt ihn sich selbst in den Mund.

»Nein, Maxi«, sagt die Mutter, »gib mal dem Kind von dem Mann den Schnuller wieder.«

Maxi tut, wie seine oder ihre Mami sagt, hält mir den Schnuller hin, lässt ihn aber im letzten Moment in meinen Kaffee fallen.

Dann tritt Maxi gegen mein Schienbein.

Irgendwo fällt ein Kind um.

»Ja, mit Männern ist Maxi manchmal ein wenig – eigen«, sagt die Mutter, als wir uns zum Kino verabreden, »seit der Trennung.«

Das hätte mir eine Warnung sein sollen, denke ich später, aber das ist eine andere Geschichte.

Im Namen des Fötus, des Hohnes und des ewigen Spottes. Eine Kindheitsbewältigung.

Hazel Brugger

Ich versuchte, dem Säugling nicht direkt in die Augen zu schauen – ich hatte mal irgendwo gelesen, dass das Babys aggressiv mache, und auch wenn das Neugeborene noch keine Zähne hatte, wollte ich doch lieber nichts riskieren, denn schließlich hatten so ein Breivik oder Göring auch einmal keine Zähne gehabt, und keinem von beiden würde ich gerne freiwillig in die Augen schauen wollen.

Was ich denn dazu meine, riss die Mutter der Brut mich aus meinen tiefen Gedanken, sie finde ja, ihre Tochter habe genau die Nase des Vaters und exakt ihr Lächeln. Offensichtlich hatten sie mit der guten Figur auch alle guten Geister verlassen. Es ist ja wohl allgemein bekannt, dass das echte, spezifische Lächeln beim Menschenwelpen erst irgendwann zwischen dem fünften und siebten Monat einsetzt, und da Nasen sowieso überhaupt nie aufhören zu wachsen, handelt es sich dabei um ein denkbar dummes Vergleichsorgan.

Es musste wohl am Hormoncocktail liegen, aber es schien doch etwas dran zu sein am alten Sprichwort »Muttermund tut Unsinn kund«, so war diese jetzt nämlich dazu fortgeschritten, mir in aller Ernsthaftigkeit von den Schönheiten der natürlichen Geburt zu berichten. Wie furchtbar. Nun, ich weiß ja nicht, aber wenn ich zum Beispiel vor der Aufgabe stünde, einen kahlrasiert-schleimigen, adipösen Bernhardinerrüden unter Schreien kopfvoran aus dem Haus in den Garten bekommen zu müssen, so würde ich mich vermutlich dazu entscheiden, einfach die Haustüre zu öffnen, anstatt im Schweiße meines Angesichts zu versuchen, ihn mit aller Kraft durch's Katzentürchen zu pressen. Es schien mir aber trotzdem keine sonderlich gute Idee zu sein, nun auf ihren wohl vorerst total zerstörten Intimbereich und ihr somit dahinsiechendes Sexualleben einzugehen.

Ja, zu meinem großen Vergnügen war ich selbst ein Kaiserschnittbaby gewesen, was mir die Qual ersparte, bis zu meinem sechsten Lebensjahr irgendwelche albernen Hüte aufgesetzt zu bekommen und mir von diesen ganzen Eltern natal-gepresster Saugglockenkinder Dinge anhören zu müssen wie »Keine Angst, das wächst sich ganz bestimmt noch raus« oder »Ach, also so ein bisschen asymmetrisch find ich ja ganz sympathisch«, und ist ja auch wissenschaftlich erwiesen, dass es genau das ist, was das gewisse Etwas bei einer Person ausmacht, dieser fast schon hundertwassereske gequetschte Look, dieser Bruch sämtlicher Perspektive-Regeln – und wenn nicht, gehst du halt in die Offensive und bewirbst dich als Alien-Darsteller in Science-Fiction-Filmen. Badehaube drüber und zack, jeder Man in Black möchte dir gerne das Gesicht wegschießen.

Na ja, das soll jetzt nicht heißen, dass ich gar nicht leiden musste, im Gegenteil. Denn wer sein Kind »Hazel« nennt, vergisst es auch an der Autobahnraststätte. Oder im Bällchenbad bei Ikea, und dann viel Glück bei der Lautsprecherdurchsage, wenn alle Einkaufenden sich fragen, warum denn der Esel jetzt gerne im Kinderparadies abgeholt werden möchte.

Wenn man sein Kind schon nach einem Nahrungsmittel benennen muss, dann sollte es doch wenigstens etwas Poetisches sein, mit Tiefgang. Charlotte zum Beispiel. Damit kann man auf jeder Party und an jedem Elternabend beim Smalltalk punkten: »Ich habe meine Tochter Charlotte genannt, weil sie, analog zur mittelasiatischen Edelzwiebel, sehr vielschichtig ist, und ich vermutlich weinen müsste, wenn ich sie mit dem Messer in viele tausend Stücke zerhackte.«

Inzwischen hatte das Baby begonnen, einen Kotzschwall in ganzen drei verschiedenen Aggregatszuständen von sich zu geben. Die Mutter war höchst entzückt und sagte etwas von Geschenk des Himmels, herrlich infantile Unbekümmertheit, und es geht ja alles viel zu schnell vorbei.

Warte nur, bis du senil, dement und wieder in Windeln bist, dann kann's dir vor lauter Unbekümmertheit gar nicht schnell genug gehen, dachte ich und war wieder einmal überrascht darüber, wie ausgerechnet die prüdesten Leute immer am offensten über die Freude am eigenen Kind sprechen, wo sie doch über dessen Produktion nie ein Wort verlieren würden. So als wäre der Klapperstorch eine wissenschaftliche (wenn auch an Sodomie grenzende) Tatsache und weitaus weniger pervers als der sexuelle Akt an sich, ganz nach dem Motto »Hello, I am the Klapperstorch, I put the babies in the ladies – und jetzt hoch das Bein, ich habe nicht unbegrenzt Kaulquäppchen in meinem Schnabel, und Sie werden auch nicht jünger, gute Frau«.

Nein, so etwas würde ich mir ganz bestimmt nie antun wollen – auf gar keinen Fall unvorbereitet. Also knockte ich die Mutter zur Seite, schnappte mir das Baby und rannte davon.

Heute öle ich den Säugling regelmäßig ein und presse ihn durch die Katzentüre. Ich werde bestimmt einmal eine sehr, sehr gute Mutter.

6. Die Nerven.

oder: Entschuldigung? Ich fürchte, Ihr Kind ist defekt.

American Airsleep
Volker Surmann

Ich kann nicht gut in Flugzeugen schlafen. Ich erwähnte das beim Thema Platzwahl, als ich bei American Airlines eincheckte. Die Frau am Schalter versuchte, mich zu beruhigen: »You will sleep like a baby in our aircraft.« Was wollte sie mir damit sagen? Ich würde alle zwei Stunden aufwachen und schreien? – In etwa so war's dann auch.

Ästhetische Ökonomie
Björn Högsdal

Im Einkaufszentrum. Zur Bespaßung der Nachwuchskonsumenten hat die Marktleitung Kinderschminken angesetzt. Vor uns ein Ehepaar mit zwei Kindern. Hektische Blicke auf die Uhr, Getuschel, dann die Aufforderung an die schminkende Mitarbeiterin: »Wir haben keine Zeit mehr, schminken Sie bitte nur das hässliche Kind«.

Durch die Augen einer Kinderlosen

Sabrina Schauer

Wenn man selbst kinderlos ist – aus Gründen, die ich hier nicht anführen möchte, da ich sonst als nicht tragbares Wesen im Sozialleben gelten würde – und man »Freunde« mit Kleinkindern hat, die zu Besuch kommen, ist das ungefähr genauso tragisch, als würde ein Meteorit mit 100.000 km/h auf die Erde zurasen, und alles würde explodieren. Manchmal wäre mir das auch lieber.

Doch um in dieser Gesellschaft nicht als verhaltensauffällig zu gelten, haben Peter und ich auch Alibi-Freunde mit Kindern. Deshalb ist einmal im Monat Pärchen-mit-Kind-Tag. Gestern war so ein Tag.

Boah, was für ein Tag! Ganz pünktlich kamen sie – zwei Stunden zu spät. Aber für Eltern mit Kind ist das noch ein tragbarer Rahmen. Man weiß ja nie, was so alles passieren kann mit einem Kind im Schlepptau: Kind kotzt auf dem Weg zum Auto. Kind kotzt im Auto. Kind kotzt auf dem Weg zu Freunden, in dem Fall sind wir das. Es gibt Kinder, die kotzen unheimlich viel.

Jedenfalls kamen Rebecca, Frank und der kleine Lukas Wilhelm Leonard Kevin zu Besuch. Sie hätten ihn auch einfach »Horst« nennen können, aus dem wird eh nie was.

Junge Eltern haben die, leider noch nicht strafbare, Angewohnheit, über die Türschwelle ihrer Freunde zu treten, ihre Jacken an den Haken zu hängen und ihre Aufsichtspflicht gleich daneben. Fremde Wohnungen, die noch nicht von Kindern besetzt sind, können für andere Kinder zu tödlichen Spielparadiesen werden. Besonders, wenn sie den Bewohnern auf den Keks gehen.

Mein Keks zerbröselt von Natur aus ziemlich schnell.

Die ersten eineinhalb Stunden wird über die Hochbegabung des kleinen Lukas gesprochen, der sich nasebohrend die Zimmerpflanzen anguckt, und als er sich ertappt fühlt, den Popel in den Mund steckt, anstatt ihn in die Pflanzen zu schmieren.

Was für ein hochbegabtes Kind, denke ich.

»Hochbegabung ist gar nicht so leicht zu erkennen«, sagt Rebecca.

»War in deiner Familie auch nicht mit zu rechnen!«, sage ich.

Da reißt der kleine, hochbegabte Lukas auch schon die DVD-Sammlung aus dem Schrank.

»Ach, der spielt nur. Der sortiert sie dir jetzt alphabetisch«, sagt die Mutti.

»Ja, mag schon sein. Aber vielleicht will ich den *Paten* nicht neben *Pretty Woman* stehen haben, sondern alles nach Genre, falls der Kleine weiß, was das heißt.«

Und der kleine Lukas sagt: »Genre; das. Französisch. Abgeleitet von Lateinisch ›Genus‹. Bedeutet Gattung, Gruppe, Kategorie.« Dann widmet er sich mit ausdruckslosen Augen wieder den DVDs.

Oh, Lukas scheint sich für die Horrorfilme zu interessieren. Braves Kind. Hannibal Lecter war auch hochbegabt.

»Jedenfalls machen die immer Einschulungstests«, erzählt Rebecca. »Und Lukas hat es mit seinen vier Jahren schon geschafft, mit dem linken Zeigefinger seine Nase zu berühren.«

Wahnsinn! Das ist wie Ostern und Weihnachten an einem Tag. Als ich das letzte Mal meine Nasenspitze mit meinem linken Zeigefinger berührt habe und noch gleichzeitig auf einem Bein stand, wurde mir keine Hochbegabung bescheinigt. Den Führerschein haben sie mir abgenommen.

Nachdem Lukas die Bilderreihe »Gelbe Farbe« von der Wand gerissen hat und ich mich schon gefragt habe, wonach er die jetzt eigentlich sortieren will, hab ich ihn in die Küche gebracht. Da hab ich ihm dann ein paar Zettel und Stifte gegeben und ihn ein bisschen mit einem Löffel bedroht.

»Das hier, my friend of the sun, ist ein DIN-A4-Blatt. Das ist die Fläche, auf der du dich heute bewegen darfst. Sonst ist's mit einem Schlag vorbei mit deiner Hochbegabung.«

Das Kind hat dann auch die nächsten zwei Stunden die Klappe gehalten und *Tristan und Isolde* in zwanzig Akten gemalt. Chapeau!

Als wir Rebecca, Frank und Satans Sohn endlich los waren, räumte ich die Küche auf und entdeckte »Satans Sohns Vermächtnis«: Den Edding, den Löffel und die feucht glitzernden Eddingaugen auf dem Löffel.

Das Kind hatte mich im Sack. Woher wusste es von meinem Zwang, Dinge mit Augen wie menschliche Wesen behandeln zu müssen? Oder sogar noch ein bisschen besser.

Ich habe versucht wegzuschauen, musste ihn dann aber doch anfassen. Habe Mr. Löffel – eigentlich heißt er James Jordan Bruce III., denn aus ihm wird mal was – ein Mäntelchen aus Küchenpapier gebastelt. Er sieht jetzt ein bisschen wie Luke Skywalker aus. Wir haben gleich alle Episoden von *Star Wars* nachgespielt, mit neonfarben bemalten Zahnstochern.

»Mr. Löffel, ich bin deine Mutter.«

Hatten wir einen Spaß!

Dann kam Peter rein. Er meinte, ich würde damit meinen unbewussten Kinderwunsch ausdrücken.

Ich sagte: »Würde ich jemals meine unbewussten Wünsche ausdrücken, gäbe es keine Kinder mehr. Und jetzt, excusez-moi, ich muss Mr. Löffel noch ein Bettchen bauen. Auch ein kleiner Jediritter braucht seinen Schlaf.«

Peter fragte, ob ich wisse, was das Gegenteil von Hochbegabung sei.

Hab gesagt, keine Ahnung. Da meinte er, wär auch nur eine rhetorische Frage gewesen.

Hab ich auch nicht verstanden.

Der nächste Tag war der schönste meines kinderlosen Daseins. Mr. Löffel und ich haben den Waisenlöffeln bei Ikea fiese

Sachen zugerufen. Wir haben drei Stunden lang Eier weich geklopft; da ist er richtig gut drin. Wir spielten Scharade, und Mr. Löffel wollte schon immer mal eine Schusswaffe spielen, das hat uns sogar der Kassierer von der Tankstelle geglaubt.

Ja, Mr. Löffel und ich. Wir waren wie Bonnie & Clyde, wie Bill & Hillary, komme was wolle: Wir halten zusammen.

Doch eines Tages geschah es. Mr. Löffel liebte es, bei offenem Fenster den Regen zu beobachten. Und dann fiel er und fiel viele Meter tief auf die durchnässte Straße, zufälligerweise kam im selben Moment ein Auto und fuhr einfach über Mr. Löffel drüber. Zufälligerweise stürmte und gewitterte es im selben Moment, und als wäre es Schicksal, traf ihn ein Blitz. In seinen letzten Sekunden hielt ich ihn in meinen Händen.

»Es ist so kalt«, sagte er.

Der Regen wusch seine Eddingaugen hinfort; ich hatte immer schon geahnt: Unser Regen ist saurer, als man uns weismachen will. Er sagte: »Es wird so dunkel!«

Sein kleines, eisernes Herz hörte auf zu schlagen. Und dann waren seine Augen weg. Spontan verlor ich das Interesse an ihm. Peter leider nicht. Im Gegenteil. Sein Herz scheint für behindertes Geschirr zu schlagen. Also begruben wir ihn im Blumenkasten, damit er immer den Regen sehen kann, den er so geliebt hat.

Seit diesem Tag sag ich jedes Mal, wenn der kleine Lukas zu Besuch kommt: »So, my friend of the sun, dies ist die Küche. Das ist der Bereich, in dem du malen darfst. Guck mal, ein kleiner, freundlicher Löffel. Dem fehlen nur noch Augen.«

Aber Lukas malt keine Augen mehr. Lukas ist jetzt in der Penisphase.

Ich hab ein Kind im Ohr

Volker Surmann

In letzter Zeit widerfährt es mir immer öfter, dass mich Freunde oder Kollegen begrüßen mit den Worten: »Hallo Volker, du siehst aber scheiße aus heute.« Sie müssen die Ringe unter meinen Augen meinen. Es sind die Ringe unter den Augen, wie man sie von jungen Eltern kennt. Manche Scherzbolde schieben sie auf den Verlag, den ich vor ein paar Monaten adoptiert habe. »Ha ha«, rufen sie und kugeln sich, »läuft noch nicht das Kind, was? Ha! So ein Baby kann einem ganz schön den Schlaf rauben, nicht?«

Stimmt aber nicht. Mein nimmersattes Verlagsbaby kann mir gar nicht den Schlaf rauben, denn der ist schon längst weg. Seit Monaten habe ich keine Nacht mehr durchgeschlafen. Denn ich hab tatsächlich ein Kind. Im Haus. Über mir wohnen. Seitdem kann ich jeden Morgen mit dem Brustton der Überzeugung des ZDF-Werbeopas sagen: »Ich hab ein Kind im Ohr.«

Ich hab es Tinnitus getauft. Jeden Morgen um sieben habe ich ein beständiges Poltern im Ohr. Denn es ist nicht irgendein Kind, es ist schlimmer. Es ist das schlimmste aller möglichen Kinder: Es ist ein (bitte zum Weiterlesen die *Sleepy Hollow*-Filmmusik von Danny Elfman einlegen) ... POLTERKIND.

Ich wohne in einem Altbau: Überall abgezogene, leicht morsche Holzdielen, und bei Bau meines Hauses vor hundert Jahren ist wohl nicht genug Bauschutt angefallen, um die Holzdecke zwischen meiner Wohnung und der über mir vernünftig zu füllen. Oder die Bauarbeiter hatten einfach keinen Bock, den Bauschutt vier Stockwerke hoch in die vierte Geschossdecke zu tragen, nur um damit eine hohle Decke zu füllen. Im Ergebnis ist die Decke die Sorte perfekter Hohlraum, den man im Instrumentenbau »Resonanzkörper« nennt. Die Ergebnisse sind erstaunlich:

Eine Murmel, die auf die Holzdielen im Zimmer über mir fällt, klingt bei mir nach einem Medizinball. Ein Kind, das auf Hacken durch das Zimmer trapst, dröhnt bei mir wie ein Pferd, das seine frisch angenagelten Hufeisen eingaloppiert. Ein Bobbycar, das über Dielenbretter über mir rutscht, klingt, als donnere der Nachtzug Paris-Warschau durch meine Wohnung. – Wenn Roland Emmerich mal wieder Soundeffekte für den Weltuntergang braucht, könnte er sich monatelanges, digitales Soundmixing sparen. Effektiver wäre es, eine Kitagruppe mit Holzspielzeug in die Wohnung über mir zu schicken.

Das Polterkind *(biol. infans elephans)* versteht das physikalische Prinzip des Resonanzraums leider nicht. Was noch schlimmer ist: Das Polterkind interessiert das auch nicht besonders. Es interessiert sich für Bobbycars, Murmeln, Bauklötze und Holzeisenbahnen. Und was noch viel schlimmer ist: Das Polterkind ist nachtaktiv! Es steht um halb sieben auf.

Und wer schon morgens um halb sieben aus dem Schlaf gefahren ist, weil das Polterkind von oben erst einen Tisch quer durchs Zimmer zieht, dann einen Stuhl hinterherrollt, um hernach auf Stuhl und Tisch zu klettern, um aus größtmöglicher Höhe den Kasten mit Bauklötzen auf den Holzfußboden auszukippen, weiß, wie schnell man an dem Punkt ist, dass man einem Dreijährigen gerne den Hals umdrehen würde: Ein letztes Quieken und Knacken, und dann wäre Ruhe. Endlich. Und ich könnte mich wieder hinlegen und schlafen, bis auch den Eltern die ungewohnte Ruhe verdächtig vorkäme. Dann wäre für einen Moment noch mal großes Geschrei, aber das wäre mir egal, Geschrei ist hochtönig, das lässt die Holzdecke nicht durch ...

Im Grunde habe ich überhaupt nichts gegen das Polterkind. Ich kenne es schon sehr lange. Ich kannte es schon, da war es noch eine Idee seiner Eltern. Ich war schon Zeuge seiner Zeugung. Und aller vergeblichen Versuche. Das könnte ich dem Polterkind sagen, bevor ich ihm den Hals umdrehte: »Du warst garantiert ein Wunschkind. Und du hast deinen Eltern schon viel, viel Freude bereitet. Sie hätten dir halt nur nicht ihr Schlafzimmer überlassen sollen.«

Verdammte, liberale Elterngeneration! Früher bekamen die Kinder den kleinsten Verschlag in einer Wohnung. Acht Quadratmeter mit Etagenbett, dessen Oberkante gerade so ans Oberlicht reichte. Heute müssen die Kleinsten die größten Zimmer haben. Wieso? Damit noch mehr Spielzeug hineinpasst. Noch mehr Bauklötze, noch mehr Geraffel, noch mehr Hartplastikschrott, mit dem man Kakofonie spielen kann! Noch mehr Plunder, den man über Dielen schleifen und runterschmeißen kann. Ein Plastikhammer! SUPER IDEE! Mit dem donnert das Polterkind dann stundenlang autistisch auf dem Fußboden rum. Was da oben nur wie hospitalistisches Hämmern klingt, hört sich bei mir nach Abrissbirne an.

Wieso kann das verdammte Polterkind eigentlich nicht vernünftig laufen? Wieso trapst es durch die Wohnung wie ein Vierbeiner mit Holzpantoffeln? Und aus welchem verdammten Grund muss das Polterkind alle zwei Minuten hin und her und wieder zurück laufen?! Und wieso muss es mit seinem Bobbycar alle zwei Minuten hin und her und wieder zurück fahren? Schrappschrappschrapp ... Vor. Schrappschrappschrapp ... Und zurück. Schrappschrappschrapp ... Und wieder einmal den Flur lang. Schrappschrappschrapp ... Und zurück ins Kinderzimmer. Schrappschrappschrapp ... Schrappschrappklodderadongdongdong ... Da noch zwei Runden gedreht und den Bauklotzturm umgeworfen. Schrappschrappschrapp ... Und zurück in den Flur. Und zwei Minuten später donnert die Höllenmaschine wieder ins Kinderzimmer. Diesmal scheint das Polterkind Gefallen daran zu finden, immer wieder gegen die Schranktür zu fahren. Vor und zurück, Anlauf, Schranktür, zurück, Anlauf, Schranktür. Schrappschrapp-schrappschrapp-schrapp. Poltern und Scheppern. Schrappschrapp. Poltern und

Scheppern. Und dann wieder schrappschrappschrapp zurück in den Flur. Einmal noch gegen den Türrahmen donnern und weiter geht's. – Wenn ich das nächste Mal meine Dielen abschleifen will, dann beauftrage ich keinen Dielenabschleifer mehr mit tonnenschwerer Schleifmaschine, fünf Dreijährige mit Bobbycars haben mindestens dieselbe Wirkung.

Wochenlang liege ich jeden Morgen um sieben im Bett, pfriemele mir Ohropax in die Gehörgänge, was nichts nutzt, weil die Polterbässe vom Polterkind durch alles durchpoltern. Ich presse Kopfkissen auf meine Ohren mit den Ohrstöpseln. Es hilft ein wenig, aber schlafen kann ich so nicht. In meinen kühnsten Verwünschungen habe ich das Polterkind schon auf alle erdenklichen Weisen massakriert, habe ihm Filzpantoffeln unter die Fußsohlen genagelt und jeden Bauklotz einzeln schlucken lassen.

Ich fasse einen Entschluss: So geht es nicht weiter!!! Ich muss das mal ansprechen, bei den Eltern. Die sollen das Kinderzimmer wieder über meine Küche legen oder mit einer vierfachen Flokatischicht auslegen.

Im Treppenhaus treffe ich die Eltern mit dem bösartigen Polterkind. Das bösartige Polterkind drängt sich verschlagen an die Flurwand, hält sich hinterhältig an den Beinen des Polterkindvaters fest und schaut mich von dort mit fiesen, großen, bösen Kulleraugen schüchtern an. Eigentlich sieht das Polterkind aus wie ein schmächtiger, kleiner Junge mit etwas schiefsitzender Mütze.

»Er fremdelt etwas«, sagt der Polterkindpapa.

»ICH BIN DEIN MÖRDER!«, denke ich und erhebe meine Stimme, die Stimme meiner furchtbaren Rache.

Die Stimme der furchtbaren Rache sagt: »Nee, ist der putzig!«

VERDAMMT! So einem Kind kann man einfach nicht den Hals umdrehen. Verdammt, verdammt, verdammt!

Ich winke dem Polterjungen zu. Er bleibt stumm, winkt aber schüchtern zurück. Na ja, denke ich, er kommt ja eh bald in die Pubertät, dann schläft er bis in die Puppen.

Die zehn Jahre noch.

Muttertag

Matthias Reuter

Norman Zipfler (etwa vier Jahre alt), schreiend: »Ich hasse dich. Ich hasse dich. Ich hasse euch alle. Aaaaahhhh. Alle hasse ich.« Zur Bekräftigung streckt er besonders hasserfüllt seine Zunge heraus. Seine Schwester (etwa sechs Jahre alt) hat ihre Zunge ohnehin schon die ganze Zeit über draußen und macht dazu ein Geräusch, das in etwas so klingt wie »Gnagnagnagna«.

Frau Zipfler (Anfang vierzig) gibt ihrem Sohn eine Ohrfeige: pädagogisch nicht einwandfrei, aber mit der unausgesprochenen Zustimmung des kompletten vorderen Teils des Busses, wenngleich jedoch lautstärkentechnisch ohne Wirkung.

»Aaaaauuuuaaa!«, schreit der Junge. »Das sag ich der Oma! Ich hasse dich. Ich haaaaasse dich. Du stiiinkst. Alle stinken! Lilli stinkt.«

Die Schwester fährt ihre Zunge kurz ein und sagt: »Ich stink nicht.«

»Doch stinkst du.«

»Ich stink nicht.«

»Doch stinkst du. Du bist kaka.«

Die Schwester mobilisiert ihre Innenverteidigung: »Selber stinkst du!«

Aber da hat sie ihren Bruder unterschätzt.

»Klar stink ich«, sagt der. »Ich will ja auch stinken.«

Sieh mal an. Die Mutter spricht die Frage aus, die auch mir auf den Lippen liegt: »Und wieso willst du stinken, Normi?«

»Weil ich euch hasse. Wenn man stinkt, kann man besser hassen.«

»Aber wieso hasst du uns denn?«, fragt die Mutter, ganz offensichtlich froh, dass ihr Sohn zumindest nicht mehr schreit.

»Weil ich zur Oma muss.«

Man sieht der Mutter ein gewisses Verständnis für ihren Sohn an. Dennoch ist es heute an ihr, die Fahnen der Familie und der Pädagogik weiter hochzuhalten: »Aber wir haben doch zusammen die schöne Karte gebastelt. Und die wollen wir der Oma heute schenken.«

Norman beruhigt sich etwas. »Kartebastelt«, murmelt er nachdenklich, und es ist einen Moment lang leise im Bus.

Dann versaut seine Schwester alles wieder: »Normi hat bei der Karte gar nicht richtig mitgemacht. Der hat nur alles mit Kleber verschmiert«, sagt sie, schon früh eine spätere Karriere als Nahostdiplomatin gänzlich ausschließend, und Norman schreit wieder: »Ich hab wohl gebastelt! Lilli lügt. Ich hasse Lilli. Ich hasse alle! Alle stinken!«

In diesem Moment steigt ein Mann von recht augenscheinlich afrikanischer Herkunft in den Bus ein und setzt sich unbedacht auf den letzten freien Platz des Vierers der Familie Zipfler.

Norman schreit weiter, vom neuen Sitznachbarn komplett unbeeindruckt: »KAKA OMA LILLI LÜGT! KAKAOMALIL-LILÜGT!«

Der Afrikaner versucht, Frau Zipfler etwas Aufmunterndes zu sagen: »What a lively boy. He's always singing. What does it mean: ›Kaka Oma‹?«

Frau Zipfler versucht sich an einer eher freien Übersetzung: »He means that we want to go to the grandmother, because it is motherday.«

»Mother day?«, fragt der Afrikaner.

»Yes, motherday. We call it ›Muttertag‹.« Überrascht entdeckt Frau Zipfler Teile ihres Schulenglischs wieder. »We go to the oma, the grandmother or the granny. You say granny, or? Because she is my mother. And we go and we give her a, äh, äh, äh, ah – scheißewiesagtman? – a motherday ...«

»Kaka Oma?«, fragt der Afrikaner.

»Yes. A kak, äh, a cake, ... I bake a cake for the mother, äh, the grandmother, and we have a selbstge – a selfge-, pfff, a self-bastled card with a heart on the card.«

»Ich hasse euch. Ich will nicht zur Omaaaaaaaahhh«, schreit der Enkel.

Der Afrikaner ist interessiert: »Ist the heart on the card because of the love for your mother?«

»Yes. It is because we love and we thank the mother, ähhh, weil, denn, äh, then, äh, she, äh, made us. Because she made us so, wie wir sind, so like we are. We love she so very, very because ...«

Das Handy schellt in den Satz hinein wie eine befreiende Pausenglocke. Frau Zipfler nimmt ab, hört kurz zu und wird ihrerseits laut: »Nein, Sven, das kann ich jetzt nicht auch noch machen. Nein.« (zum Afrikaner:) »That's my brother Sven. Nee, nein Sven – wir haben das doch alles abgemacht. Du besorgst den CD-Player und die Rosen. Ich mach den Kuchen und die Herz-girlanden, und dann stellen wir uns alle als Parade auf, und dann kommt ›I will always love you‹, und dann schwenken wir die Rosen, und ... wie – der hat die CD nicht gebrannt?!? – Ich denk, du hast so 'nen Supercomputer? Wofür hat dir Mama denn die ganze Kohle in den Arsch geblasen? Dass sie jetzt nicht mal ein einziges Mal, an ihrem eigenen Ehrentag, ›I will always love you‹ hören kann! ... Jetzt schrei mich nicht an! Soweit kommt's noch, dass du mich hier anschreist. Ich hab so den Papp auf. Ich hab ja so den Papp auf. Ja. Dann nimm halt die Nelken. Was? Na, super. Wenn du mal einmal früher aufgestanden wärst, wären bestimmt noch welche da gewesen. WAS HAT DER??? Einen Kranz? Bist du bescheuert?!? Sollen wir auch noch 'ne Urne danebenstellen, oder was? Na, dann nimm eben die künstlichen Rosen. Vielleicht kann man die ja wenigstens dann nächstes Jahr noch mal verwenden. Und dann müssen wir ›I will always love you‹ eben selber singen. ... Nein. Ich bin schon im Bus. Ja, Tschüss.«

Sie legt auf.

»That was my brother Sven. He is the, äh, schwarze Schaf of the, puh, Mann, the, he is the black, äh ...«

»Your brother is black?«

»No, he is the black äh, ach Mensch, jetzt, Schaf, ach: sheep, he is the sheep of the familiy.«

»Your brother is cheap?«

»No, he is, ach, a idiot.«

»Ah, idiot.«

»Yes, idiot – he is Ober-Idiot. Kannzenixmachen. He hasn't burned ›I will always love you‹ and wants to buy a cranz. He is ...« (zeigt Wischi-Waschi-Geste) ... »Do you come from Africa?«

»No, I live in Gevelsberg. Ennepe-Ruhr-Kreis.«

»Ah so. And how do you feier, äh, party, the motherday at home?«

In diesem Moment hebt Norman wieder zu schreien an.

»Ich haaaaassssse euch. Kaka Kaka Oma. Alle stinken. Muttertag stinkt. Kaka Oma. Muttertag! Kaka Oma Muttertag.«

Auch die Schwester fährt die Zunge erneut aus und beginnt wieder mit ihrem lautstarken Lieblingsgeräusch: »Gnagnagnagnagnagnagnagnagna!!!«

Und in diesem Moment muss der Afro-Ennepetaler für sich, ganz persönlich, intern eine pädagogische Entscheidung getroffen haben. Denn er sagt: »At home, on mother's day, we watch the children all of the time. And when they're, you know, not nice to their mother, we put them into a big lasagne and eat them all up. And in fact, today I'm very hungry. Maybe I can give you my number.«

Er gibt Frau Zipfler einen Zettel und zwinkert ihr zu. Sie übersetzt für ihre Kinder: »Also, der Herr aus Gevelsberg hier sagt: Bei ihm zu Hause ist das so: Da wird am Muttertag geguckt, ob die Kinder schön brav sind. Und wenn nicht, dann werden sie in eine große Lasagne eingebacken und aufgegessen. Und er gibt mir jetzt seine Telefonnummer, weil er riesengroßen Hunger hat. Nur falls ihr heute nicht nett zur Oma seid und euch den ganzen Tag weiterstreitet.«

Der Afrikaner guckt Norman und Lilli an, zeigt breit lächelnd seine Zähne und reibt sich im Kreis über den Bauch und sagt: »Yummy, yummy. Hmmmm.«

Die Kinder sind auf der Stelle still. Lilli bietet ihrer Mutter an, den Kuchen zu tragen. Norman malt ganz schnell noch ein Bild für die Oma. Und alle üben gemeinsam den Song »I will always love you« von Whitney Houston. Und der komplette Tag verläuft entspannt wie ein Wellnesswochenende im Kurhotel.

Manchmal kann es wirklich einfach das schönste Geschenk für eine Mutter sein, wenn ihr jemand kurz, aber wirkungsvoll, bei der Erziehung ihrer Kinder unter die Arme greift und relativ glaubwürdig geschauspielert den schwarzen Mann gibt.

Kino mit Kind

Björn Högsdal

Was aussieht wie die Dreharbeiten zu *Der Hobbit*, ist ein Raum voller Kinder, die durch Limonade und Naschkram auf Speed-Niveau hochgeputscht wurden. Noch an der Uni war ich beim Studium des selbstmörderischen Kinderkreuzzuges von 1212 auf die Frage gestoßen, wie es zu dieser verheerenden Reise kommen konnte, von der fast niemand lebend zurückkam. Heute bin ich sicher, dass große Mengen Zucker im Spiel waren.

Wir stehen ganz vorne in der Schlange, aber als das rote Absperrseil geöffnet wird, weiß ich, wie es ist, in eine Lawine zu geraten. Wusch! Ich treibe wie eine Boje auf einem reißenden Strom, kurz kommt ein Stagedive-Gefühl auf, dann wird es schwarz um mich. Ein wenig später komme ich auf dem Boden des Saales zu mir. Von der Hüfte abwärts besteht meine Hose aus großflächigen Schokoflecken, kleben gebliebenen Lutschern und einem etwas leicht geratenen, festpappenden Dreijährigen, den ich an der Kasse abgebe.

Mein Sohn sitzt bereits irgendwo im Saal und isst Popcorn. Als ich ihn entdecke, husche ich im Halbdunkel auf den freien Platz neben ihm und lege kuschelig den Arm um ihn. Das glaube ich zumindest, bis ich mir das kreidebleiche und hyperventilierende Kind, das ich eng umschlungen im Arm halte, genauer ansehe. In dem Moment kommt auch die echte Mutter des zitternden kleinen Mädchens von der Toilette zurück.

Erst der Mann an der Kasse kann die Situation entschärfen und eine Anzeige verhindern. Er bestätigt, dass ich tatsächlich mit meinem eigenen Kind in diesem Etablissement erschienen sei. Warum ich dann eine Hose aus Schokolade und Lutschern trage, wenn ich kein Pädophiler sei, möchte die Mutter wissen.

Nach fünfzig Euro Trinkgeld für den Kassenmann sowie Knabberkram im Wert von zwanzig Euro für die misstrauische Mutter und das verstörte Kind hilft man mir, meinen Sohn im Gedränge wiederzufinden. Der hat mich auch schon gesucht. Das Popcorn ist alle.

Als es endlich losgeht, denke ich an YouTube-Videos mit hinterherhängender Tonspur. Der Eindruck trügt aber, der gesamte Saal voller Kinder wiederholt einfach nur jeden Dialog noch einmal sehr laut. Also jeden zweiten. Die anderen versteht man ja nicht, weil die Kinder noch den Satz von davor wiederholen müssen.

Hinter mir sitzt ein Vater, der die Sätze ebenfalls nachspricht. Ich beginne über die Vorteile von Amokläufen in Kinos nachzudenken, lasse das aber, weil mein Sohn neben mir sitzt. Der anstrengende Vater hinter mir schiebt seine Füße weit unter meinem Sitz durch und stößt die Popcornschale und meinen Notfall-Flachmann mit dem Strohrum um.

Ich zünde seine Schürsenkel an. Sie kokeln aber nur so vor sich hin und gehen immer wieder aus. Die Hälfte des verbliebenen Strohrums landet in meiner Cola, ich versuche, ruhig zu atmen.

Neben dem Vater, der die Dialoge nachspricht, sitzt seine Tochter, die seit Beginn ohne zu atmen in den Saal brüllt, was ohnehin gerade zu sehen ist. So wie die Erläuterungen für Blinde bei manchen Sendungen im Fernsehen. Ich gieße den letzten Rest Strohrum aus meinem Flachmann auf die Füße des Vaters und zünde sie erneut an. Jetzt brennen sie.

Die folgende Schlägerei übertrumpft die dargebotene Handlung an Spannung, die Kinder bilden einen großen Kreis um uns und feuern uns an. Mein Sohn nimmt Wetten auf den Ausgang des Kampfes an, setzt aber gegen mich.

Das sind die Nachteile von gewaltfreier Erziehung: Die eigenen Kinder unterschätzen einen. Als die Polizei Tränengaskartuschen in den Saal schießt und ihn zu räumen beginnt, fliehen wir durch den Notausgang. Draußen hält mein Sohn mit strahlenden Augen meinen Pappbecher mit dem Cola-Rum in der Hand, leert auf einen Zug, was er nicht schon während meines Kampfes getrunken hat, und lallt dann selig: »Gino is doll! Geh'n wa moagen wieda hinnn?«

Seiner Mutter erzählen wir, dass er sich etwas eingefangen und Fieber habe. Dass er deshalb schmutzige Seemannslieder singe und Streit mit seinem Teddybären anfange. Wenn er wieder nüchtern ist, verrat ich ihm auch, dass das gar kein 3D-Film war, sondern ein Puppentheater.

7. Die Reklamation.

oder: Beschwerden gegen meine Person richten Sie bitte an meine Eltern.

Schwerer Gewohnheitsfehler

Christian Ritter

Das Telefon klingelt.

»Ritter.«

»Sohn!«

»Mutter?«

»Sohn!«

»Mutter!«

»Sohn! Ich habe große Computerprobleme.«

Wenn meine Mutter sagt, sie habe große Computerprobleme, sind diese üblicherweise durch etwa fünfsekündiges Nachdenken und maximal zwei Mausklicks zu lösen.

Andere Menschen sprechen in Verbindung mit einem kompletten Systemabsturz, einem schweren Ausnahmefehler oder einem »C++ Runtime Error« von »großen Computerproblemen«, meine Mutter schon, wenn sie bei *Solitaire* einen Zug rückgängig machen möchte ...

»Also Sohn, ich habe einen Brief getippt.«

»Aha?«

»Und jetzt ... jetzt finde ich ihn nicht mehr.«

»Wo hast du ihn denn gespeichert?«

»Woher soll ich das wissen? Ich hab einfach auf ›Speichern‹ geklikkert.«

»Geklikkert, aha. Dann klikkere mal in deinem Schreibprogramm oben links auf ›Öffnen‹, da siehst du dann die Dokumente, die du zuletzt bearbeitet hast.«

Vier Minuten später:

»Gut, ich bin dann so weit.«

»Was siehst du?«

»Neues Dokument 23, Neues Dokument 24, Neues Dokument 25 ...«

Achtzehn Minuten später.

»Du öffnest jetzt einfach den ›Neuen Ordner 13‹, suchst darin das ›Neue Dokument 28‹, benennst es mal ordentlich und kopierst es dann in den neuen Ordner, den du eben angelegt hast und der hoffentlich immer noch ›Briefe‹ heißt.«

»Moment, Moment. Das geht mir alles viel zu schnell. Wie kopiere ich denn überhaupt?«

»Das erkläre ich dir jedes Mal, wenn wir telefonieren, und jedes Mal schreibst du es dir auf irgendeinen Pappzettel, den du einen Tag später für Müll hältst.«

Drei Minuten später.

»Mutter!!! Du hast mir einmal erklärt, dass das Schaf ›Määäh‹ macht, und ich habe es sofort verstanden. Ich erkläre dir gerade zum fünfzigsten Mal Copy & Paste, und du kapierst es immer noch nicht. Das kann doch nicht sein, da stimmt doch was nicht! Vielleicht wäre jetzt der passende Augenblick, mir zu sagen, dass ich adoptiert bin.«

»Sohn!!!«

Ich mag diese Situationen, in denen ich mal die erzieherische Oberhand über meine Eltern habe, sehr. Bevor sie kontern und mir vorwerfen kann, dass mein Studium schon vor drei Semestern hätte beendet sein können, ich mir Hosen kaufen soll, die so lang sind wie meine Beine, oder jeden Tag einen Apfel essen soll, lege ich einfach auf.

Zehn Minuten später:

Ich bereue mein Tun und schreibe Mutter eine Entschuldi-gungsmail.

Zwei Wochen später:

Ich bin zu Hause auf Besuch und zeige ihr, wie sie sie öffnet.

Weihnachten in Familie

Lea Streisand

Als Kind denkt man ja immer, das muss so sein. Ich dachte zum Beispiel, wenn der Gasheizungsmonteur kommt, dann ist bald Weihnachten. Der Gasheizungsmonteur kam nämlich immer im Herbst, weil die Gamat 3000-Außenwandheizer jedes Jahr kaputtgingen. Mein Vater regte sich jedes Jahr von Neuem darüber auf. Spätestens Anfang Oktober polterte er beharrlich schimpfend durch die Wohnung und versuchte, »die Scheißteile« selber zu reparieren, was ihm aber stets misslang, woraufhin meine Mutter den Gasheizungsmonteur rief und mein Vater sich beleidigt zurückzog. Wenn die Wohnung dann warm war, gingen wir bald einkaufen. Weihnachten ging nämlich auch im Osten schon im Oktober los. Zumindest musste man spätestens dann mit dem Pfefferkuchenzutateneinkaufen anfangen. Was glaubt ihr, wie aufregend es ist, in einer Mangelwirtschaft Pottasche einzukaufen! Das war fast besser als Heiligabend.

Im Grunde fand ich den Ärger mit der Heizung ja irgendwie unnötig, aber auch die Ablehnung des Unvermeidlichen kann zur Tradition werden. Und gerade Weihnachten ist schließlich der Inbegriff von Tradition. Und Familie. Und Liebe. Und Christentum.

Das mit dem Christentum habe ich zugegebenermaßen nie richtig verstanden. Zwar hatten wir eine Krippe unterm Baum, mit der ich Heiligabend spielen durfte. Ich kannte auch die ganzen Geschichten. Der Opa hat sie mir erklärt, der war nämlich Pfarrer: »Also das Baby ist Jesus, der hat Weihnachten Geburtstag. Die Frau ist Maria, die Mama von Jesus ...« »Und das ist der Papa«, ergänzte ich und zeigte auf die Joseffigur. »Na ja«, sagte der Opa, kratzte sich am Kinn und holte tief Luft. Ich war vier Jahre alt. »Also der richtige Vater von Jesus ist Gott ...« Der Opa sagte das so langsam, als würde er einen sehr großen Stein einen sehr hohen Berg hochschieben. »Also ist Gott der Erzeuger von Jesus«, sagte ich. Der Opa hustete. »Also im Prinzip ...« Er zögerte, dachte nach, zögerte, sah mich an, fand keinen Ausweg, seufzte, zögerte und sagte erschöpft: »Ja.«

Ich brach in Triumphgeheul aus: »Maaaamaaaa«, brüllte ich, »der Opa hat gesagt, das mit dem Jesus ist wie bei uns. Papa ist Josef, und Ralf ist Gott!« Meine Mutter sagte »Wie bitte?«, mein Papa verschluckte sich am letzten Gänseflügel, und die Oma sah strafend den Opa an, der nur hilflos die Arme hob.

Es ist wirklich hart, zwei Väter zu haben, weil die Leute immer ewig brauchen, um zu verstehen, von wem man redet, wenn man über einen von ihnen spricht. Daran bin ich schon bei den Erzieherinnen im Kindergarten gescheitert. Die guckten dann immer nur komisch und schickten mich Händewaschen. Dabei war es im Grunde ganz einfach: Der eine war immer da, schlief mit Mama in einem Bett, backte Pfefferkuchen und regte sich jedes Jahr über die Heizung auf; der andere nicht.

Als Kind denkt man auch, dass alles immer so bleibt, wie es ist. Wer rechnet denn damit, dass wir erwachsen werden, wer könnte ahnen, dass Eltern sich trennen, wer absehen, dass der Erzeuger plötzlich die Rolle wechselt, und wer bitte hätte vorhersehen sollen, dass man 2011 Jahre nach Christus noch am 23.12. um zehn Uhr abends in fünf verschiedenen Sorten Pottasche bekommen könnte?

Jedes Jahr am zweiten Advent klebt meine Küche. Da werden Plätzchen gebacken. Jeder, der mitmacht, darf sich zwei Sorten aussuchen. Die Hälfte verbrennt und landet im Müll, der Rest wird gegessen und verteilt. Am Schluss sind alle Bäcker besoffen, und einer kotzt immer. Und dann wird Weihnachten geplant. Mindestens die Hälfte meiner Freunde sind auch Scheidungskinder, und die haben Weihnachten bekanntlich immer dreimal so viele

Termine, weil alle Eltern ihre Sprösslinge sehen wollen, aber sich gegenseitig nicht.

Und wenn da auch noch Verwandtschaft dranhängt, dann wird das Krippenspiel zum Improvisationstheater: »Also, wenn ich am 24. mit meiner Mutter zu Tante Beate gehe, dann kann ich mich am 25. mittags mit Ralf zum Essen treffen und dann zum Kaffeetrinken bei Oma und Opa sein.«

»Und wieso gehst du nicht mit deinem Vater zu den Großeltern?«, fragt mein Freund. Er ist protestantisch erzogen und hat Weihnachten noch ganz andere Probleme. Er muss nämlich vier Tage in seinem intakten Elternhaus in der Provinz ausharren und besinnlich tun. Das ist auch anstrengend.

»Bist du irre?«, sage ich. »Ich kann meinen leiblichen Vater doch nicht mit zu den Eltern meines Stiefvaters nehmen!«

Der Freund reibt sich die Stirn. Selbst er blickt da immer noch nicht richtig durch.

»Ein Wahnsinn ist das alles«, sagt meine Freundin Frieda. Sie hat nicht zwei Väter wie ich, sondern zwei Mütter, weil die eine sich irgendwann unsterblich in die Vikarin verliebt hat. In der Gemeinde, in der Friedas Vater Pfarrer war. Die Eltern haben sich seit Jahren nicht gesehen. »Im Grunde ist dieser ganze Familienzwang doch absolut hirnrissig«, schimpft die Pfarrerstochter. »Schließlich feiern wir Weihnachten die Geburt eines Mannes, der nicht nur aus relativ ungeklärten Verhältnissen stammt, sondern sogar seine Familie verlassen und seine Zimmermannslehre abgebrochen hat, um mit einem Dutzend anderer Aussteiger durch die Gegend zu ziehen und Geschichten zu erzählen. Meint ihr, der ist Weihnachten zu seinen Eltern gegangen und hat sich fragen lassen, wann er denn mal seine Freundin mit nach Hause bringe, wie er sich sein Dasein als freischaffender Prophet eigentlich so vorstelle und ob er davon leben könne?« Frieda schnaubt wütend. Sie ist Schauspielerin, und ihre Mütter haben ihr dieses Jahr den Unterhalt gestrichen.

Es wird noch ewig diskutiert an diesem Abend. Wir beschließen, am 25. abends noch feiern zu gehen, und irgendwer kommt noch mit Nietzsche – »Gott ist tot, und wir gehen nicht hin. Nur noch zu runden Jubiläen. Das nächste Mal 2050.« – was aber mehrheitlich abgelehnt wird, weil man es ja irgendwie doch mag und schön findet. Besonders, wenn kleine Kinder dabei sind.

Martha ist vier Jahre alt. Sie beginnt gerade zu verstehen, was Familie bedeutet. Vor ein paar Monaten hat sie nämlich eine kleine Schwester bekommen, was ihre junge Weltordnung ziemlich durcheinandergebracht hat. Direkt im Anschluss hat sie eine ältere Schwester bekommen. Sie ist nämlich die Tochter meines Vaters, genauer gesagt die Tochter meines geschiedenen Stiefvaters, wodurch ich eigentlich ihre Wasweißich bin.

Martha, ihre Mutter, unsere Schwester und unser Vater leben in Köln, aber Weihnachten kommt die Familie immer nach Berlin zu Oma und Opa. Letztes Jahr, als Martha noch keine Schwestern hatte, ist sie getauft worden, vom Opa. »Sie kann ja dann später selber entscheiden, was sie damit macht«, hat Papa gesagt. Zu Weihnachten habe ich Martha eine grüne Gummiente geschenkt. Das war die Idee ihrer Mutter, weil Martha nicht gern badet. Dann habe ich ihr das Krippenspiel erklärt: »Und wo ist Gott?« hat Martha gefragt. »Den kann man nicht sehen«, hab ich gesagt. »Aber der ist trotzdem da.« Martha saß eine Weile unter dem Baum und dachte nach. Dann nahm sie die Ente und integrierte sie mit den Worten »Tuuttuut, hier kommt Gott!« in die heilige Familie.

Die Oma guckte vorwurfsvoll, mein Vater erstickte fast, und als ich nachts vom Feiern nach Hause kam, war die Gasetagenheizung kaputt.

Manche Dinge bleiben eben doch so, wie sie sein müssen.

Hauptsache, nicht arbeiten

André Herrmann

Mit penibelster Genauigkeit gab ich dem Deckblatt den letzten Schliff. Dann klickte ich auf »Speichern« und schloss das Dokument. Vier ganze Monate hatte ich in die Masterarbeit investiert, in einer Woche würde ich sie abgeben müssen. Zufrieden lehnte ich mich zurück. Jetzt noch achtzig Seiten Einleitung, Hauptteil und Schluss schreiben, und meinem Abschluss stand nichts mehr im Weg.

Mit einem Mal vernahm ich ein leises Jaulen. Ich stand auf, um das Jammern zu lokalisieren.

»Achje, oooch neee, Maaann, och neee«, wimmerte es aus der Küche.

Je näher ich der Tür kam, desto mehr machte ich mich auf all die Szenarien gefasst, die mich dort möglicherweise erwarten konnten: Mein Vater, erschlagen von jener wackligen Schranktür, die er seit drei Jahren hatte festschrauben wollen. Meine Mutter, horizontal von der Brotschneidemaschine zerteilt, mit der sie meinen Vater aus den Trümmern hatte freischneiden wollen. Meine Katze, zufrieden an den bereits verwesenden Beinen meiner Mutter nagend ...

Vorsichtig stieß ich die Tür auf. In Tränen aufgelöst hockte meine Mutter vorm Geschirrspüler: »Die Gabeln darf man nicht so eng nebeneinander legen«, wimmerte sie. »Die werden doch sonst wieder nicht sauber!«

Es war schrecklich.

So viel hatte ich in meinem Leben schon falsch gemacht. So viel Leid hatte ich meiner Familie schon eingebrockt. Und dann brach ich meiner Mutter das Herz, indem ich auf monströse Art und Weise die Gabeln falsch einsortierte! Charles Manson war ein Scheiß gegen mich!

Ich ging zum Fenster, wo die Messer hingen, um rituellen Selbstmord zu begehen.

»Sei vorsichtig da, die Fliesen sind alle lose!«, rief meine Mutter.

Optimal, dachte ich. Dann stürze ich mich einfach ins Bodenlose und erspare ihr die Sauerei. Wozu auch weiterleben? Facebook hatte unter den zwanzig wichtigsten Momenten meines letzten Jahres ein Foto von fünf Zwiebeln eingeordnet! Mich würde niemand vermissen.

»Guck!«

Die kleine Frau drängte mich beiseite und begann, auf- und abzuhüpfen, sodass die Fliesen ein leises Fffft-Geräusch von sich gaben.

Ffft! Ffft!

»Wenn man hüpft, dann merkt man es!«

»Ach so!«, rief ich. »Und das hast du bemerkt, als du mal wieder routinemäßig die Fliesen abgehüpft hast?«

»Mach dich nicht immer lustig! Hast du dir überhaupt schon mal überlegt, was du nach deinem Abschluss machen willst?«

»Ja ja!«, sagte ich. »Ich hab da neulich etwas Interessantes im Fernsehen gesehen!«

Die Augen meiner Mutter begannen zu leuchten.

»Das Ganze nennt sich Shaolin und besteht hauptsächlich darin, sich eine Glatze zu schneiden und Eisenstangen damit zu zertrümmern!«

»Jetzt mal ehrlich!«, rief meine Mutter.

»Mein Tätowierjewerbe und mein Angelschein. Mehr. Will. Ich. Nich.«

»Mit dir kann man manchmal echt nicht normal reden!«

»Du hörst mir ja auch gar nicht zu!«, rief ich.

»Hier!«, ich zeigte auf meinen Pullover. »Bestes Beispiel. Das war mein Lieblingspullover! Ich hatte dich gefragt, ob du das Loch stopfen könntest. Jetzt steht hier ›Good Night White Pride!‹, und daneben prangt ein Donald-Duck-Aufnäher!«

Was hätte ich denn sagen sollen? Dass sie mich lieber danach fragen sollte, wie weit ich mit der Masterarbeit war, anstatt was danach kommen sollte? Dass mich von diesem blöden Abschluss noch immer achtzig ungeschriebene Seiten trennten, die jeden Gedanken an ein Danach unmöglich machten? Dass ich unendliche Angst davor hatte, vierzig Jahre lang arbeiten zu gehen, bis mich der Staat gnädigerweise zum Abfallprodukt erklärt? Und jeden Freitag meine Unzufriedenheit in einer Kneipe zu ertränken? Dafür musste ich mir die Wochentage doch nicht auch noch mit Arbeit versauen!

Émil Cioran hatte schon recht: Die Welt ist nicht in Freude erschaffen worden. Und es ist alles so schnell so kompliziert geworden. Eben gab es nichts Wichtigeres, als den eigenen Pokémon-Spielstand zu perfektionieren, und zack! ist man fünfundzwanzig, die Krankenkasse bucht wieder hunderte Euros ab, und man beginnt, mit diesem eBay-Blick durch die eigene Wohnung zu laufen.

»Und wie wäre so etwas mit Lehramt, Quereinstieg oder so?«

»Danke Mama, aber dann nehme ich doch lieber Drogen.«

Missmutig pfefferte meine Mutter die Gabeln in den Geschirrspüler, sodass ich ernsthaft zu zweifeln begann, ob sie auf diese Weise auch richtig sauber werden würden.

Natürlich verstand ich ihre Sorge, und wenn es jemanden gab, der sich hier die meisten Sorgen darüber machte, dann war ich das selbst.

Es klingelte.

Meine Mutter blickte mich verdutzt an.

»Das wird wohl CSI Sachsen-Anhalt sein«, unkte ich. »Wahrscheinlich haben sie davon gehört, was ich dem Geschirrspüler angetan hab.«

Fünf Minuten später.

»Ooooooh«, machte meine Mutter wie eine Luftschutzsirene, sodass alle Rentner im Umkreis von fünfhundert Metern wahrscheinlich schon vor Schreck ihr Hab und Gut zusammensammelten. Meine Cousine stand im Wohnzimmer und präsentierte meinen Eltern ihren kugelrunden Babybauch, mich hatten sie zum Kaffee-kochen abkommandiert. Zwar trank ich keinen Kaffee und hatte zu wenig Praktika absolviert, um mit dem Vorgang des Kaffeekochens vollends vertraut zu sein, aber so schwer konnte das ja nicht sein. Acht Tassen hatten sie gesagt. Fachmännisch füllte ich also acht Tassen mit Kaffeepulver und gab es anschließend in die Maschine, drückte auf »Play«, und schon ging's los. So einfach war das.

Mit Beginn ihrer Schwangerschaft war meine Cousine zur offi-ziellen Heldin meiner Familie avanciert. Ich hingegen war mittler-weile so etwas wie der familieneigene Großflughafen Berlin-Bran-denburg. Niemand wusste, wann ich endlich fertig würde, wie viel das alles kostete und wofür man das überhaupt brauchte.

»André! Komm ma!«, brüllte mein Vater aus dem Wohnzim-mer, so wie es bei zivilisierten Leuten üblich ist.

Als ich ins Zimmer trat, erwartete mich dort ein seltsames Schauspiel. Grinsend standen meine Eltern und der Freund mei-ner Cousine im Zentrum des Zimmers und streichelten mecha-nisch den Babybauch. Oh je, oh je, dachte ich, kein Wunder, dass die Menschheit nie mit Außerirdischen in Kontakt kommt, die hal-ten uns doch alle für bekloppt.

»Hier, fühle ma!«, brüllte mein Vater, während sie alle drei in unterschiedlichen Kreisbewegungen über den Bauch strichen. Wäre es schon dunkel gewesen und hätte man noch drei Kerzen dazugestellt, hätte das hier auch gut und gerne irgendein ganz üb-ler Horrorfilm oder eine beliebige Sendung auf RTL2 sein können.

»Nee, nee, lasst mal!«, rief ich, während ich rückwärts zurück in die Küche taumelte. »Aber wenn wir nachher Spaghetti von ihrem Bauch essen, sagt mir bitte Bescheid!«

Meine Mutter begann zu tuscheln: »Der André hat ja immer gesagt, wir bekommen mal zwei Enkel.«

»Da war ich fünf Jahre alt und wollte einfach nur meine Ruhe beim Lego-Spielen!«, brüllte ich.

Keine Ahnung, warum Menschen so auf Reproduktion abfahren. Aber nur für den Spaß bei der Elternversammlung lohnte sich das mit dem Kinderkriegen einfach nicht.

»Ach, für Kinder ist man immer zu jung, das ist Fakt!«, hörte ich meine Mutter tuscheln.

»Und für eine Xbox ist man nie zu alt!«, rief ich.

Dann riss ich die Kanne aus der Kaffeemaschine und stürmte zurück ins Wohnzimmer: »Das Problem der meisten Menschen ist, dass sie nicht sehen, wie egoistisch es ist, ein Kind zu zeugen und ihm damit eine Existenz aufzuzwingen, die es in den engen Grenzen gesellschaftlicher Normalitätsvorstellungen auch noch zwingend bis zu einem natürlichen Ende zu führen hat.«

Stille.

»Fühle du lieber ma hier!«, rief mein Vater.

»'s boxt!«, beipflichtete meine Mutter.

»Könnt ihr vielleicht mal aufhören, da rumzustreicheln?«, rief ich. »Oder drehen wir hier einen neuen Lars-von-Trier-Film?«

Wieso konnte man es in dieser Familie nur zu Anerkennung bringen, wenn man genau das tat, was alle taten? Ich hätte durch ein ausgeklügeltes Mischungsverhältnis von Kaffee, Milch und Zucker spontan ein Heilmittel gegen Aids erfinden können, es hätte immer noch geheißen: »Die Linda hat ja jetzt ein Kind.«

Klar, sie waren ja nicht blind und sahen sehr wohl, dass ich nicht den ganzen Tag lang untätig zu Hause vor einer Xbox versauerte, auch wenn ich diesen Zukunftsplan nur mangels einer Xbox noch nicht in die Tat umgesetzt hatte. Aber man hätte ja ruhig mal über etwas anderes reden können, zum Beispiel diese Abschlussarbeit.

»Ich weiß, was du sagen willst«, unterbrach mich meine Cousine, die mein Grübeln bemerkt hatte. »Du kannst dir gerade nichts Schlimmeres als Kinder vorstellen!«

»Dooooch, Kinder mit Wintersportausrüstung!«, rief ich.

»Du wirst sehen, das kommt alles! Mit Mitte zwanzig hab ich auch immer gedacht, Verloben, Heiraten, Kinder, das wäre nichts für mich.«

»Verloben ist okay, wenn mindestens ein Sandwichtoaster beteiligt ist!«, rief ich.

Von mir aus konnten sie ja alle machen, was sie wollten. Mein einziges Problem war, dass die Leute einem automatisch irgendwelche Probleme unterstellten, wenn man einfach keinen Bock auf Haus, Kind, Arbeit, Auto und The North Face hatte. Und dass viele spätestens nach der Geburt über nichts anderes als ihr Kind mehr reden konnten. Okay, ich würde wahrscheinlich auch nur noch von meiner Xbox erzählen, aber das war ja auch etwas ganz anderes!

»Wir wollen ihn dann taufen lassen«, sagte meine Cousine.

»Welche Stilrichtung?«, rief ich.

»Du kannst dich ruhig mal für deine Cousine freuen!«, sagte meine Mutter.

»Ich freu mich doch!«, rief ich, während ich den Kaffee auf vier Tassen verteilte. »Endlich jemand, dem ich mal ein Schlagzeug schenken kann! Oder dem ich beibringen kann, wie man auf Italienisch Flüche improvisiert!«

»Fühle doch ma'!«, brüllte mein Vater.

»EEEH, ESPRESSO SPAGHETTI ANTIPASTI EEEEH!«, ätzte ich.

»Du nimmst echt gar nichts mehr ernst«, sagte meine Mutter kopfschüttelnd.

»EEEH CAFÉ CRÉMA PARMESANO INSALATA MISTA!«

Mein Vater spuckte in seine Tasse.

»Den kann ja kein Mensch trinken!«, brüllte er. »Da erweckste ja Tote mit!«

»Ach gucke, aber Kindermachen traut ihr mir zu!«, rief ich, sammelte die Tassen wieder ein und ging zurück in die Küche. Dort kippte ich den pechschwarzen Kaffee in den Ausguss, öffnete den Geschirrspüler und begann damit, das gesamte Besteck in Unordnung zu bringen.

Einen Kopf kürzer

Michael Bittner

Es soll Menschen geben, die Freude daran haben, an Klebstoff zu schnüffeln. Mich reizt dies hingegen gar nicht, denn ein anderer Geruch macht mich schon regelmäßig high. Ich spreche von dem ganz spezifischen Duft, der aus Berliner U-Bahn-Schächten strömt. Ich wüsste weder zu sagen, woraus er besteht, noch warum er mich so betört, und doch kann ich nicht von ihm lassen. Ich fahre deutlich öfter U-Bahn, als es mein Tagesablauf eigentlich rechtfertigt. Würde ich noch etwas systematischer trainieren, könnte ich vielleicht irgendwann alle Berliner U-Bahn-Stationen am Geruch erkennen. Für eine Außenwette bei *Wetten, dass..?!* wäre dieses Unternehmen aber wohl doch zu aufwändig. Man könnte die Luft höchstens in Gläsern einfangen, und ich würde dann im Studio daran schnüffeln. Doch würde mich dort sicher der Verwesungsgeruch von Markus Lanz irritieren.

Zufällig und ziellos wartete ich jüngst mal wieder auf einem Bahnsteig auf die Ankunft einer U-Bahn. Neben mir harrte eine junge Familie der Bilderbuchsorte: Mutti, Vati, Kind aus akademischem Bürgerstande, weder bildungsfern noch armutsgefährdet. Die Zukunft Deutschlands auf dem abendlichen Weg in die Dreizimmerwohnung. Der sehr junge Sprössling, dem die Fähigkeit zu geordneter Rede noch abging, saß beim Papi auf den Schultern und hielt sich abwechselnd an Hals, Haar oder Nase des Erzeugers fest. Endlich verkündete ein unterirdischer Windstoß die nahende Bahn. Sie rollte ein, die Türen öffneten sich. Eine Lautsprecherstimme mahnte erst zum Einsteigen, dann zum Zurückbleiben. Fahrendes Volk quetschte sich heraus, fahrendes

Volk drängelte sich hinein. Ich war schon drinnen, als auch die junge Familie nachrückte. Der Papi hatte aber fatalerweise unterdessen vergessen, dass der Kleine auf seinen Schultern saß und zur ohnehin schon beträchtlichen Körpergröße noch einige Zentimeter addierte. Beide Kerle aufeinander gestapelt übertrafen die lichte Höhe der Tür. Und, kaum dass ich's kommen sah, stieß der Kleine mit dem Kopf gegen das Dach der Untergrundbahn. Es machte: »Boing!« Allerdings nicht in Wirklichkeit, sondern nur in meinen Gedanken. Es kommt einem angesichts eines solchen Unfalls wirklich unwillkürlich das »Boing!« in den Sinn, auf das einen die Zeichentrickfilme in der Kindheit konditioniert haben. Das tatsächliche Geräusch hatte indes mit einem »Boing!« nicht die geringste Ähnlichkeit. Zu hören war nur ein leiser, dumpfer Schlag – sogleich gefolgt von einem erschrockenen »Oh!« des unglücklichen Vaters.

Erst einige Augenblicke später ertönte dann drinnen auch das unbändige Gebrüll des verbeulten Söhnchens. Kleine Kinder brauchen nach Unfällen ja immer ziemlich lange, um zu begreifen, dass ihnen gerade etwas Schmerzvolles widerfahren ist und Geheule die passende Reaktion wäre. Nun aber, da der Kleine schrie wie am Spieß, rötete sich der verantwortliche Vater in Rekordzeit. Die Passagiere im Zug, die das Malheur beobachtet hatten, schwiegen und schauten betreten zu Boden. Glücklicherweise war keine wohlmeinende Oma mit an Bord, die die peinliche Scham noch durch ein »Oh je! Oh je! Na, das kann doch jedem einmal passieren!« verhundertfacht hätte. Nur wenige Fahrgäste grinsten verkniffen, die meisten waren ergriffen von tiefem Mitleid, nicht für das plärrende Kleinkind, sondern für den unglücklichen Vater, der sich sichtlich gerne augenblicklich aus dem Zug gestürzt hätte. Aber die Bahn rollte unbarmherzig weiter.

Die junge Mutter nahm dem Vater das Kind wortlos aus den Händen. Sie sagte nichts, aber ihr versteinertes Gesicht redete doch mehr als deutlich folgende Worte: »Herr im Himmel, warum hast du mich mit diesem Mann gestraft? Wieso verblendetest du mich derart, dass ich mein kostbares Leben an diese Weichwurst verschwendete? Welchen Wahnsinn entzündetest du in meinem Hirne, dass ich die Reize meines jungfräulichen Leibes in seine ungeschickten Pfoten legte? Dass ich diesem Dödel erlaubte, sich in meinem Kelch der Liebe zu versenken? Dass ich ihm gar einen Erben gebar? Wohin soll diese Ehe noch führen? Muss ich mir nicht eingestehen, dass mich schon damals, in der ersten Zeit zusammen mit Jörn, ein peinliches Gefühl des Zweifels beklomm? Begehrenswert sah er schon aus, als er damals mit seinen Freunden lachend über den Flohmarkt schlenderte, eine halbleere Flasche Beck's in der Hand. Süß war es, wie er mir am Stand des Comic-Händlers erklärte, worin der Unterschied zwischen den Digedags und den Abrafaxen besteht. Und als er mich gleich zum Konzert seiner Elektropopband *Redundanz* am selben Abend einlud, sagte ich freudig zu. Aber doch war das alles natürlich kein Vergleich zu Frank, der mein Ideal von Männlichkeit über so viele Jahre mit dem robusten Körper eines Messebauers gefüllt hatte. Als ich mit dem ein Gespräch über eine gemeinsame Zukunft führen wollte, winkte er sogleich ab: ›Nee, lass mal‹, sagte er da. ›Das kannst du vergessen. Kindersitz und Krabbelgruppe, Eigentumswohnung und Energiesparlampe – da bin ich nicht der Typ für. Für so einen Scheiß musst du dir einen Studenten suchen, den kannst du dir dann nach Bedarf zurechtkneten.‹

Und ich muss ja zugeben: Als ich mich nach dem Konzert das erste Mal mit Jörn ins Bett begab, dachte ich so bei mir selbst: Meine Güte, der fickt ja so vorsichtig, als hätte er Angst, dass seine Mutti uns zuschaut! Aber dann überlegte ich wieder: Du suchst ja keine Aufregung mehr, sondern einen zuverlässigen Kindsvater, den treusorgenden, familienfreundlichen Typ. Und ich wollte ja ein Kind! Warum eigentlich? Ja, warum eigentlich? Gibt es nicht schon genug Leute auf der Welt? Sieben Milliarden sollen es inzwischen sein. Die Hormone, die verfluchten Steinzeithormone, sie haben mir den Verstand vernebelt! Ich wollte eigentlich die

Aufnahmeprüfung an der Musikhochschule machen! Stattdessen bin ich gefangen, hier in diesem stinkenden Waggon, mit einem Versager und seinem Sohn. Schöne Scheiße.«

Genau dies also dachte die junge Mutti, während ihr Kleiner schrie und schrie und schrie, ohne Luft zu holen. Der Vati aber schluckte und hatte nur einen einzigen Gedanken: »Wenn wir zurück in der Wohnung sind, wird sie mich um einen Kopf kürzer machen.« Als ich an der nächsten Station ausstieg, zog ich unwillkürlich den Kopf ein.

Ganz schön viel zu tun

Anselm Neft

Es ist mitten in der Nacht. Sie steht in ihrem weißen Nacht-hemdchen in der Tür, hat einen Albtraum gehabt, kann nicht mehr einschlafen, ob sie zu mir ins Bett kommen könnte. Sie schaut auf den Boden und nestelt mit den Händen vor ihrem Bauch herum. Wie hartherzig müsste ich sein, um sie abzuwei-sen? Sie schlüpft unter die Laken und schmiegt sich an mich. Ob ich sie streicheln und ihr etwas singen könne? Natürlich kann ich das. Ich werde sogar immer besser darin. Sie weint ein bisschen. Ich sage ihr, dass alles gut wird. Sie fragt, ob sie sich scheiden lassen soll. Ich sage meiner Mutter, was ich ihr immer sage: »Da reden wir morgen noch einmal drüber.« Dann fahren wir beide zusammen: Ein Poltern aus der Küche.

»Gehst du nachsehen?«, fragt sie. »Bittöööö!«

Ich stehe auf und steige die Treppe in den ersten Stock hinauf, um in die Küche zu gelangen. Mein Vater steht schwankend in einem fleckenübersäten Nachthemd vor dem Kühlschrank und starrt mit glasigen Augen in das Innere. Auf dem Boden liegt ein zerbrochenes Glas mit Senf.

»Ich mach das schon«, sage ich und lange nach dem Kehr-blech. »Du solltest jetzt besser schlafen, du musst doch morgen in die Schule.«

»Die dumme Fotze«, nuschelt mein Vater mit unterdrückter Wut. »Ich bringe sie um.«

»Ach, da warte mal bis morgen. Da sieht die Welt schon wie-der ganz anders aus. Vielleicht noch ein Beruhigungsgetränk?«

Mein Vater nickt. Beruhigungsgetränke findet er prima. Ich

suche eine Nucki-Flasche, fülle sie mit Rotwein und stecke ihm den Schnuller in den Mund.

»Ja, so ist es brav.«

Als er alles schön ausgetrunken hat, bringe ich ihn ins Bett und decke ihn zu. Jetzt aber schnell zurück zu Mutti, die ganz einsam in meinem Bett liegt und vor lauter Einsamkeit angefangen hat, sich zwischen den Beinen zu reiben.

»Das wollten wir uns doch abgewöhnen«, sage ich.

»Och, nur noch ein bisschen«, sagt sie und sieht mich aus großen, leuchtenden Augen an. Ich will nicht zu streng sein. Als alleinerziehendes Kind zweier Eltern schießt man manchmal übers Ziel hinaus.

»Na, schön«, sage ich, »aber zieh die Decke drüber.« Doch da ist es schon so weit: Meine Mutter bäumt sich auf, ihr Unterleib zuckt, und ein Seufzer entweicht zwischen ihren Lippen, die eben noch eng aufeinandergepresst gewesen sind. Bald darauf schläft sie friedlich. Leider schnarcht sie, aber ich müsste schon sehr lieblos sein, würde ich sie deswegen alleine lassen. Auch ihren Mundgeruch kann ich ihr nicht übel nehmen. Wer wirklich liebt, nimmt Menschen so, wie sie sind.

Ich bin froh, dass es mein Vater am nächsten Morgen von alleine aus dem Bett schafft. Nicht, dass er noch seinen Job als Lehrer verliert. Wobei: Ich glaube, das passiert nur, wenn jemand echt großen Mist baut. Ich schmiere ihm Brote und löse ihm eine Aspirin in Wasser auf. Als er das Auto aus der Garage fährt, rumst er damit gegen unser Mäuerchen. Er schimpft, weil ich ihn nicht rausgewunken habe, und da hat er recht, und ich nehme mir vor, weniger ichbezogen und unaufmerksam zu sein, auch wenn ich einmal nicht so viel geschlafen habe. Jesus zum Beispiel hätte auch nach komplett durchwachter Nacht seinen Vater hilfsbereit aus der Garage gewunken, und dass obwohl es damals ja noch keine Autos gab, aber das ist ja auch gar nicht der Punkt.

Ich müsste jetzt eigentlich selbst in die Schule. Aber ich glaube, dass ich meine Mutter heute nicht alleine lassen sollte. Sie braucht mich. Ich bringe ihr Frühstück ans Bett und lese ihr dann etwas vor: »Das Buch Hiob«. Ein bisschen glaubt meine Mutter nämlich, dass sie von Gott geprüft wird, so schwer wie damals der Hiob, der doch eigentlich auch ganz unschuldig gewesen ist. Sie fängt wieder an zu weinen, und ich erinnere sie daran, dass die Geschichte doch gut ausgeht.

In der Mittagszeit schläft sie, und ich packe mein Geburtstagsgeschenk aus. Ein Kuchen, den ich mir gestern selbst gebacken habe. Die Acht aus Zuckerguss ist etwas schief, und ich ärgere mich, weil ich nicht sorgfältig gewesen bin, aber der Kuchen ist ja nur für mich, da ist es gar nicht schlimm. »Herzlichen Glückwunsch«, sage ich und habe kurz ein schlechtes Gewissen, weil ich es mir in meinem Kinderzimmer gut gehen lasse, während meine Mutter vielleicht schon wieder Albträume hat.

Gegen 14 Uhr kommt mein Vater nach Hause. Sein Schlüssel klingt anders im Schloss als sonst. Auch seine Schritte wirken viel leichter und federnder. Ich glaube, es geht ihm besser. Fünf Minuten später höre ich ein ploppendes Geräusch. Er hat sich einen Aperitif aufgemacht.

Um 14.15 Uhr schlage ich den Gong und rufe die beiden zum Mittagessen. Wir sitzen gemütlich am Tisch, beten zum lieben Christuskind und unterhalten uns dann angeregt. Gut, eigentlich unterhalte ich hauptsächlich. Es ist eine Unart von mir, dass ich so viel plappere, aber weil die beiden nichts sagen und ich weiß, dass sie Stille nicht aushalten können, rede ich eben wie ein Wasserfall. Meinem Vater schmecken die Spaghetti nicht, die ich gekocht habe. Angewidert schiebt er den Teller weg, und ich frage, ob ich schnell was anderes zubereiten soll, aber er schüttelt den Kopf. Jesus hätte jetzt bestimmt einen leckeren Fisch herbeigezaubert. Wobei: Gezaubert darf man bei Jesus nicht sagen. Das waren Wunder. Zauberei ist etwas Böses, aber Wunder kommen von Gott. So wie die Wandlung, wo die Hostie plötzlich das Fleisch wird, dass sich der Welt hingibt.

Abends gucken meine Mutter und ich in ihrem Zimmer Video. Eigentlich habe ich gesagt, dass sie zunächst einmal aufräumen muss und erst dann den Film gucken darf, aber dann hat sie mich so angesehen, und ich wollte mal nicht so sein. Der Film heißt »Wenn die Gondeln Trauer tragen« und ist ganz schön gruselig. Ich muss meine Mutter beruhigen, weil sie es mit der Angst bekommt. Bei einer Sexszene fängt sie wieder an, sich zwischen den Beinen zu reiben, und sagt, ich dürfe auch mal, ich käme ihr ja ohnehin vor wie ein Erwachsener. Ich sage, dass ich auf Toilette muss, was gar nicht stimmt, und ich habe schlimme Schuldgefühle, weil ich weiß, dass man nicht lügen darf und dass man Vater und Mutter ehren soll. Ohne die wäre man ja gar nicht da und hätte gar nicht so ein schönes Leben.

Ich gehe zum Schein auf die Toilette und höre etwas Seltsames von oben. Ich sehe nach und finde meinen Vater ganz aufgelöst in seinem Zimmer. Er sitzt in Unterhose da und ritzt mit einer Rasierklinge an seinem Unterarm herum. Ich frage ihn, ob er sich wirklich umbringen will. Er nickt. Ich frage, ob er sich das auch gut überlegt hätte. Er nickt wieder, sieht mich aber nicht an. Ich weiß ja aus der Bibel, dass Jesus für unsere Sünden gestorben ist, und dass Jesus zugleich der Sohn und der Vater ist. Das ist ja das Verrückte. Vielleicht muss mein Vater für die Sünden von mir und meiner Mutter sterben. Das wäre sehr edel von ihm. Ich zeige meinem Vater, wie man es richtig macht mit der Rasierklinge. Eben längs und nicht quer. Da habe ich mich sicherheitshalber mal informiert. Mein Vater nickt. Er ist jetzt ganz folgsam und schreit mich auch nicht an, als ihn in bitte, sich die Pulsadern im Bad aufzuschlitzen, weil ich dann nachher leichter sauber machen kann. »Ich liebe dich«, sagt er, bevor er ins Bad geht. Ich nicke.

»Liebst du mich auch?«, fragt er.

»Ja, sehr«, sage ich. Jesus hätte es genauso gemacht.

8. Die Metamorphose.

oder: Schatz, wir machen das aber anders als Torben und Maria!

Lampe, Pfeffermühle, Kind

Christian Bartel

»Wir brauchen noch ein Geschenk für heute Abend«, sage ich zu meiner Freundin, damit die sich darum kümmert.

»Hm-hm«, macht es aus dem Bad. Das heißt, ich soll mich drum kümmern.

Wir sind jetzt in einem Alter, wo wir viele Pärchenfreunde haben, die uns an den Wochenenden in ihre Wohnungen einladen und dafür auch noch Geschenke erwarten. Die Freunde zeigen uns dort neu erworbene Einrichtungsgegenstände, die zu loben von uns strengstens erwartet wird. Wir sagen dann Sätze wie »Oh, eine Lampe« oder »Eine Pfeffermühle, wie interessant, sie mahlt Pfeffer, nicht wahr?«.

Irgendwann werfe ich die neue Lampe versehentlich um, und es ist wieder Platz für was Neues, das wir am nächsten Wochenende loben müssen.

»Gibt es nicht irgendwas, das sich die beiden schon immer gewünscht haben?«, frage ich durch die Badezimmertür.

»Doch. Ein Kind«, sagt die Tür. Da hat sie recht. Die Pärchenfreunde haben nämlich sonst alles. Sie haben jeder einen Beruf, der ihnen zu schaffen macht, eine Eigentumswohnung, die abbezahlt werden muss, und eine erfüllende Beziehung, von der sie gerne erzählt. Er auch, aber nur, wenn er sehr betrunken ist, und ich muss immer versprechen, dass es unter uns bleibt.

Höchste Zeit also, dass sich die beiden ein Kind anschaffen.

»Sie können doch eins von unseren haben«, sage ich.

Die Tür geht auf, meine Freundin streckt den Kopf durch.

»Wir haben keine Kinder. Nein, oder?« Sie fällt immer wieder darauf herein.

Ich zucke mit den Schultern.

»Wer sind eigentlich diese beiden kleinen Racker, die bei uns auf dem Sofa wohnen?«, frage ich listig.

»Das sind Zeugen Jehovas, die haben vor zwei Monaten geklingelt, weil sie uns missionieren wollten.«

»Ach«, sage ich, »und warum sitzen sie dann den ganzen Tag auf dem Sofa, trinken Bier, rauchen Zigaretten und gucken *Deadwood*?«

»Nun«, sagt meine Freundin und klingt irgendwie vorwurfsvoll, »anscheinend fanden sie deine Konzeption vom Paradies doch irgendwie überzeugender.«

Das kann ich ihnen nicht verdenken. Ich winke den beiden zu, sie recken die Daumen hoch und heben ihre Flaschen.

»Also, du besorgst das Geschenk, ja?«, sagt meine Freundin noch schnell, krault mich hinterm Ohr und küsst unseren Hund, bevor sie zur Arbeit geht.

Wir brauchen gar kein Kind, denke ich, bei uns kocht die Leidenschaft auch so die Wände hoch.

Ich tarne mich mit diesem leidenden, übernächtigten Gesichtsausdruck als junger Vater und suche den nächsten Kindergarten.

Alles Leben erstarrt, als ich den Raum betrete, die Gespräche verstummen, nur das wimmernde Knarzen der Schwingtür hinter mir ist zu hören. In der Ferne jault leise ein Kind.

Um einen lächerlich niedrigen Tisch herum sitzen fünf Frauen, trinken Kaffee aus quietschbunten Tassen mit Bärchenmotiven und betrachten mich misstrauisch aus den Augenwinkeln. Ihre Knie haben sie eng an die Ohren gelegt, weil sie auf winzigen Höckerchen sitzen. Alle paar Sekunden spuckt eine der Frauen in ein Taschentuch und verreibt den Inhalt auf einem Kind, das davon sofort heulen muss.

Aus dem Halbdunkel des Raumes walzt eine tonnenförmige Gestalt auf mich zu. Es ist die Kindergärtnerin.

»Was willst du hier, Fremder?«, näselt sie, weil ein Lego-Stein in ihrem linken Nasenloch steckt.

»Meine Frau hat gesagt, ich soll das Kind abholen«, antworte ich. Diesen Satz hat mir ein befreundeter Vater aufgeschrieben. Ich soll ihn aufsagen und danach einfach beschäftigt auf mein Smartphone gucken, dann bekäme ich vom Personal was Passendes rausgesucht. So würde er das immer machen, hat er gesagt.

»Welches isses denn?«, fragt die Kindergärtnerin.

Ich zeige auf ein besonders schönes Kind, das vor der Tür steht und raucht.

»Das ist unsere Praktikantin, die kriegen Sie nicht. Sie müssen schon eins von den kleinen da nehmen.«

Sie zeigt auf ein buntes Knäuel, das über den blankgescheuerten Boden auf mich zurutscht. Es hat zahllose fiepende Münder und klebrige Händchen, die an meinen Hosenbeinen zupfen. Außerdem ist es überall mit Bärchenmotiven bestickt.

»Wer ist denn der Kräftigste im Wurf?«, frage ich, um pädagogische Kompetenz vorzutäuschen.

»Der kleine Dicke da«, sagt die Kindergärtnerin und versucht, ein Kind aus dem Knäuel zu rupfen, doch es hat sich in ein großformatiges Bilderbuch verbissen, an dem wiederum zahllose weitere Kinder hängen. Sie wirft eine Handvoll Süßigkeiten in die Ecke, um die Meute abzulenken, und schließlich gelingt es ihr, den zappelnden Klops am Fuß zu packen.

Sie hält ihn mir vors Gesicht, und er schnappt nach meiner Nase.

»Oh, wie schön. Er erkennt sie«, meint die Kindergärtnerin.

»Klar. Das ist ja auch ... äh, mein Sohn?«, frage ich.

Sie nickt gütig, und ich werde übermütig.

»Können Sie mir den als Geschenk einpacken?«, frage ich.

»Und Sie sind wirklich der Vater?«, fragt sie skeptisch zurück.

Diesmal nicke ich gütig.

Ein ozeanisches Gefühl unbändiger Freude durchströmt mich, als sich der kleine Körper an mich schmiegt, und außerdem ist morgen Valentinstag, und ich hab noch kein Geschenk für meine Freundin. Deswegen stopfe ich das Kind in meinen Rucksack und dem Kindergarten einen Zwanziger in die Kaffeekasse.

»Ich glaube, das ist der Beginn einer wunderbaren Freundschaft«, sage ich draußen zum Rucksack, und er zappelt zustimmend.

Epilog:

Das Kind hat sich gut bei uns eingelebt. Wir laden jedes Wochenende unsere Pärchenfreunde zu uns in die Wohnung ein, zwingen sie, ihre Schuhe im Flur auszuziehen, und führen unser neues Kind vor. Sie sagen dann Sätze wie »Oh, ein Kind« und »Schau mal, wie schön es kleckern kann« und sind stinkesauer, weil sie selber nur ihre Lampen zum Angeben haben.

Unsere Beziehung ist auch intensiver geworden beziehungsweise kein Thema mehr, weil sich alle Gespräche nur um das Kind drehen. Zurzeit diskutieren wir, ob es einen eigenen Namen bekommen soll. Ich bin dagegen, weil ich es nicht verwöhnen will.

Mein Sohn
Torsten Wolff

Ich habe eine Geschichte über meinen Sohn geschrieben. Ich habe zwar noch keinen Sohn, aber wenn es so weit ist, dann will ich vorbereitet sein.

»Mein Gott, es ist ein Alien!«, schreie ich und springe auf. Die anderen Leute im Café schauen entsetzt zu uns herüber. Wütend reißt Anna mir das Ultraschallbild aus der Hand: »Unser Kind ist kein Alien. Alle Kinder sehen so aus.«

»Schade«, sage ich enttäuscht. Mit dem Riesenkopf wär es sicher das schlaueste Kind auf dem Planeten geworden. Trotzdem ist mein Sohn etwas Besonderes. Obwohl Anna sich manchmal für das Kind zu schämen scheint. Zum Beispiel jetzt gerade.

»Alien«, rufe ich noch einmal stolz. Anna bringt sich beim Kinderkriegen einfach nicht genug ein. Allein, dass sie immer »unser Kind« sagt, als wäre es ein sozialistisch gezeugtes Gemeinschaftsprodukt. Aber ich bin mir sicher: Es ist »mein Sohn«!

»Mein Sohn«, sage ich zärtlich, als ich das nächste Bild mit einer Lupe untersuche und mir fast ein wenig pädophil dabei vorkomme. »Da kann man jetzt noch gar nichts sehen«, faucht Anna.

»Schade«, sage ich wieder, »wozu macht man denn Ultraschallbilder, wenn man darauf die beiden wichtigsten Körperteile nicht richtig erkennen kann? Was, wenn es jetzt nur ein Mädchen ist?«

»Jetzt komm mal wieder runter«, sagt Anna und nimmt mir auch die restlichen Bilder weg. »Das wird sich alles zeigen. Kein Grund zur Panik.«

»Stimmt«, sage ich. »Zur Not kann man sie ja immer noch umoperieren lassen.«

Ich habe nicht prinzipiell etwas gegen Mädchen, ich hab ja schließlich auch Anna. Aber Mädchen sind halt einfach die schlechteren Menschen, und mein Kind soll es zu etwas bringen und sich nicht ständig rechtfertigen müssen. Wenn ich wollte, dass mein Kind diskriminiert wird, hätte ich auch einfach ein Kind aus einem Dritte-Welt-Land adoptieren können. Außerdem sollte mein Sohn »Torsten« heißen. Und als Zweitnamen »Thorsten« mit »th«, damit nicht jeder Depp seinen Namen falsch schreibt. Anna fand das nicht gut. Ein Torsten reicht ihr, hat sie gesagt. Ich vermute, sie meinte das aus organisatorischen Gründen.

Was sie denn für einen Namen gut finden würde? »Paul«, hat sie gesagt und hinzugefügt, »wenn es denn ein Junge wird. Oder Erwin. Weißt du, mein Opa Erwin hieß ja auch Erwin, und diese alten Namen sind total im Kommen.«

»Sicher sind sie das. Wenn man hört, wie sich die Kinder im Sandkasten mit Namen rufen, dann klingt das wie im Schützengraben vor Verdun.«

»Dann was Ausländisches«, sagte Anna.

»Oh ja«, sagte ich begeistert, »das wäre echt krass individuell. Wie wäre es mit Adebayo oder Ibrahim?«

Anna seufzte, und ich lenkte ein: »Komm, wir geben ihm einfach alle Namen, die ich gut finde.«

Ich hatte schon eine Liste gemacht von »Adolf« bis »Zarathustra«. Mein Sohn kriegt mehr Namen, als Guttenberg aus dem Internet kopieren kann, und bestimmt ist da auch ein Name bei, der Anna gefällt. »Ja ja«, sagte sie, und ich wertete das als Zustimmung.

Ich bin schon jetzt stolz auf meinen Sohn und habe schon einen Stundenplan für ihn gemalt. Mit lustigen Bilderrätseln, weil mein

Sohn in den ersten Wochen ja noch nicht lesen kann. Dazu habe ich einfach meinen letzten Stundenplan genommen und ihn etwas entfrachtet. Philosophie und Kunst zum Beispiel braucht ja kein Mensch, stattdessen lernt er Chinesisch für Vierjährige, aber das natürlich erst, wenn Adolf Zarathustra schon zwei ist. Und mit drei schicken wir ihn ein Jahr ins Ausland, denn so etwas macht sich einfach besser im Lebenslauf.

Wenn er wiederkommt, spricht er vier Sprachen fließend und kommt in die Grundschule. Natürlich zwei Jahre früher eingeschult. Ich freue mich schon auf die ersten Elternabende, wenn ich den anderen Eltern sagen kann, wie scheiße ihre Kinder sind, aber dass das nicht schlimm ist, denn irgendwer muss ja später auch die Drecksarbeit machen.

Mein Sohn hat schon als Kind keine Freunde. Trotzdem bemühe ich mich, auch die anderen Kinder zu loben, denn ein guter Boxer weiß, dass man auch Fallobst zum Champion aufbauen muss, sonst ist der eigene Sieg hinterher weniger wert. Am Tag der Offenen Tür lobe ich darum das erstbeste Kind für sein Bild: »Oh wie schön«, sage ich, »eine Kuh, die kotzt.« Doch das Kind fängt an zu weinen: »Das ist ein Drache, der Feuer speit.« Und dann lachen mein Sohn und ich das andere Kind aus, bis seine Mutter kommt und sagt, dass mein Sohn auf seinem Bild nur ein paar Striche gemalt hat, obwohl alle ein Haus malen sollten. »Das sind chinesische Schriftzeichen für ›Haus, das ich in der Schule malen musste‹, Fotze.« Zu den nächsten Elternabenden gehe ich gar nicht mehr selber hin, sondern schicke gleich meinen Anwalt. Dadurch werden seine Noten noch viel besser und mein Sohn darf ständig Klassen überspringen. Oft sogar mitten im Schuljahr und auf ausdrücklichen Wunsch der Lehrer.

Mit sechs hat mein Sohn Hauptschulabschluss und macht eine Lehre. Denn über den zweiten Bildungsweg kommt man schneller an die Uni als über das Gymnasium. Der Weg zur Uni ist natürlich trotzdem weit, aber mein Sohn läuft zum Glück Marathon. Andere Kinder in seinem Alter laufen Laterne oder Amok. Wenn er neun ist, wird er die wichtigsten Uniabschlüsse in der Tasche haben und kann sein Leben selbst in die Hand nehmen. Aber bis dahin werde ich für ihn da sein. Mein Sohn kann kommen – er wird es gut haben.

Fass meinen Bauch an

Michael-André Werner

»Die Einschläge kommen jetzt immer näher«, hat mein Großvater immer gesagt, wenn wieder ein Freund von ihm gestorben war. Das Lustige daran war, dass er alle seine Freunde aus dem Krieg kennt, wo die Einschläge tatsächlich immer näher kamen, wo aber die Freunde, die er meinte, ja eben nicht gestorben waren.

Bei mir ist es jetzt auch so weit. Ich bin jetzt in diesem Alter. Die Einschläge kommen näher. Erst war es nur im weiteren Bekanntenkreis, dann im näheren, Kollegen, Nachbarn, Leute, die man jeden Tag auf der Straße trifft, dann passierte es im Kreise jener Menschen, die man durchaus als Freunde bezeichnen kann.

Frauen werden schwanger. Nicht von mir. Einfach so. Sie lernen einen Mann kennen und – zack, wird der Bauch dick.

Und so kommt es, dass ich immer öfter zu Freundinnen eingeladen werde, die bis vor Kurzem noch völlig solo in der Wohnung umhergesprungen sind, die jetzt aber schwanger am Tisch sitzen und das In-der-Wohnung-umherspringen von ihrem neuen Freund machen lassen.

So etwa Regina. Beim letzten Mal war sie noch völlig normal gewesen, jetzt saß sie japsend am Tisch. Mit mir eingeladen war ein weiteres Pärchen und noch eins und natürlich der Kindsvater in spe, der schon so gut wie eingezogen war in die kleine Wohnung. Nur ich sollte als einziger Single ein abschreckendes Beispiel geben.

Irgendwann war es dann soweit. »Ups«, sagte die Gastgeberin kurz nach dem Hauptgang. »Ich glaube, er ist wach.«

Mit »er« meinte sie natürlich nicht ihren Bauch, dessen Gipsabdrücke aus verschiedenen Phasen des Dickerwerdens als Skulpturen an der Wand das Esszimmer bedrückend eng wirken ließen, nein, »er« war der Inhalt eben dieses Bauchs, vom Kindsvater liebevoll »Füllüp« genannt.

Füllüp war also wach.

Und er turnte im Bauch der Schwangeren herum.

Regina legte ihre Hand auf den Bauch und lächelte versonnen. Dann sprach sie, an die Frau des ersten Pärchens gewandt: »Willst du mal fühlen?«

Der Kindsvater stellte die Teller zusammen und ging in die Küche.

Die Angesprochene strahlte, als hätte sie gerade einen Bambi gewonnen, stand auf, legte ihre Hand auf den Bauch und begann, ebenso versonnen wie die Mutti zu lächeln. Dann kam ihr Freund dran, dann die andere Pärchenfrau und deren Freund. Dann kam der Kindsvater wieder herein und fragte, ob jemand einen Kaffee wöllte.

»Ich«, sagte ich.

»Und?«, fragte die zukünftige Mutti nun mich. »Willst du mal fühlen?«

»Och, eigentlich nicht«, wollte ich schon sagen, aber das schien mir etwas unhöflich, also sagte ich: »Öhmmm, hm, also, – nö?«

»Ach komm, fühl doch mal.«

Ich schüttelte den Kopf.

»Das ist voll schön.«

Auch die beiden Frauen stimmten nun mit ein.

»Ja«, sagte ich, »aber ich möchte wirklich ...«

»Du musst nur deine Hand drauflegen.«

Ich wollte wirklich nicht. Und je länger das Ganze ging, desto unangenehmer wurde es.

»Einfach nur drauflegen.«

»Ja, mach doch mal«, sagte jetzt auch der Kindsvater.

»Wenn ich meinen Kaffee kriege«, versuchte ich die Situation zu entspannen.

»Fass doch mal meinen Bauch an«, sagte jetzt die Kindsmutti etwas ernster, und der Vater, der diesen Ton wohl kannte, warf mir einen Blick zu. Du solltest tun, was sie sagt, flehte sein Blick.

»Neiiiin, nachher vielleicht.«

»Ach, komm.« – »Nein.«

»Bitte.« – »Nein.«

»Fass doch mal an.« – »Nein.«

»Ach, mach doch mal.« – »Nein.«

»Ach, bitte.« – »Nein.«

»Los.« – »Nein.«

»Ach, doch.« – »Nein.«

»Bitte.« – »Nein.«

»Bitte.« – »Nein.«

»Bitte.« – »Nein.«

»Einfach anfassen.« – »Nein.«

»Nur die Hand drauflegen.« – »Nein.«

»Bitte.« – »Nein.«

»Ach, komm.« – »Nein.«

»Einmal nur.« – »Nein.«

»Einmal.« – »Nein.«

»Bitte.« – »Nein.«

»Ach, komm.« – »Nein.«

»Los jetzt!« – »Nein.«

»Nur ganz kurz.« – »Nein.«

»Bitte.« – »Nein.«

»Komm.« – »Nein.«

»Du fasst jetzt meinen Bauch an!« Sie ergriff mein Handgelenk und drückte zu.

»Vorsicht!«, keuchte ich. »Das tut weh!«

»Ich brech dir den Arm, wenn du nicht sofort meinen Bauch anfässt!«, zischte sie, schob meine Hand unter ihr T-Shirt und drückte sie auf ihren nackten Bauch.

»Und?«, fragte sie.

»Ja«, sagte ich etwas unsicher. »Schön.«

Alle Blicke waren auf mich gerichtet, nur der Kindsvater war verschwunden.

»Und?«, fragte sie. »Spürst du es? Spürst du es?«

»Ja«, sagte ich schnell. »Ja, da, da war was. Ich spür's ganz genau.«

»Lügner!«, schrie sie und drückte meine Hand noch fester auf ihren Bauch. »Da war gar nichts.« Ihre Augen verengten sich zu fiesen schmalen Schlitzen. In diesem Moment spürte ich eine kleine Bewegung. Füllüp trat offenbar nach mir.

»Da«, rief ich. »Da war was, wirklich! Ich hab's gemerkt. Er tritt, er tritt.«

Blitzschnell riss sie meine Hand unter ihrem T-Shirt heraus und ließ sie mit einem abschätzigen »Na, also« los. Ich zog die Hand an meinen Körper und massierte mein schmerzendes Handgelenk.

»Dein Glück, Kerl«, zischte sie mir zu und zog ihr T-Shirt wieder zurecht.

Der Kindsvater kam mit dem Nachtisch herein, einem etwas unappetitlich aussehenden blassroten Bio-Wackelpudding, und lächelte glücklich.

»Der Michael hat gerade den Füllüp treten gespürt«, sagte Regina fröhlich zu ihm.

»Wunderbar«, antwortete er und stellte, mich anlächelnd, die Dessertschälchen auf den Tisch. »War das nicht wunderbar?«

»Ja«, sagte ich, »wunderbar«, und stand auf. »Ich, ähm, muss, wo ist denn? Händewaschen?«, sagte ich kleinlaut.

»Den Flur runter und dann links«, antwortete er.

Ich kühlte mein Handgelenk mit kaltem Wasser, rote Striemen bildeten sich langsam auf der Haut. Dann holte ich tief Luft und ging zurück ins Esszimmer.

»Meine Brüste sind viel größer geworden«, sagte die werdende Mutter gerade. »Und Milch schießt auch schon ein.«

Ich machte, dass ich wegkam.

Ich habe keine Kinder

Sabrina Schauer

Ich habe keine Kinder, weil ich gern ein Leben habe. Aber wenn man ungefragt Tante geworden ist, nur weil es Menschen gibt, die »Huch, nicht aufgepasst« Familienplanung nennen, dann ist das so, als wenn man selbst Kinder bekommen hat, nur ohne den Spaß davor.

Wenn es dann morgens spontan um 5.45 Uhr an der Tür klingelt, ist es selten das, was man sich wünscht, sondern die hektische Schwester mit ihrem Sohn Jimmy Blue, der mich mit seinem akkuraten Seitenscheitel anglotzt und mich unweigerlich an einen dieser Knaben aus einem katholischen Kinderchor erinnert, nur mit Unschuld.

Schon damals nach der Geburt ihres Sohnes habe ich sie gefragt, warum sie ihn bloß Jimmy Blue genannt hat. »Die Jimmys in Filmen sind immer die drogenabhängigen, kriminellen Jungs, die irgendwann auf den Strich gehen müssen. Warum nicht John? John überlebt immer. Man denke nur an *Terminator*.«

Meine Schwester hatte nur geantwortet: »Ich bin sehr froh, dass du über Sterilisation wenigstens nachdenkst.«

Meine Schwester und mich verbindet eine innige Geschwisterliebe, doch ihr Kind vertraut sie mir nur in Notfällen an. Dafür habe ich gesorgt. Der heutige Notfall führt dazu, dass sie mir Jimmy Blue und seine Bedienungsanleitung in die Hand drückt. Als wenn man ein Kind so schnell kaputt kriegen würde. Die sind robuster, als man denkt. Oder einem manchmal lieb ist.

6.30 Uhr. Frühkindliche Englischerziehungsgruppe.

Das ist nicht nur frühkindlich, das ist auch noch früh am Tag. Ich schlafe mit einem Kaffee am Lenkrad ein, während ich im Halteverbot vor dem elitären Gebäude der – nennen wir es mal Förderschule – stehe und auf Jimmy Blue warte. Ich frage mich, wer bei dieser Maßnahme eigentlich erzogen wird. Danach fahre ich ihn in den Kindergarten. Während er Dinge lernt, von denen ich noch nie etwas gehört habe, mache ich ein paar Erledigungen in der Stadt, gehe shoppen, trinke Kaffee und »Hoppala!« – vergesse, das Kind abzuholen.

Ich hetze in den Kindergarten und stelle fest, dass noch ein paar andere Kinder von ihren Müttern vergessen wurden. Jetzt fühl ich mich nicht mehr ganz so schlecht, zumindest so lange, bis mich die Lehrerin darüber aufklärt, dass die anderen Kinder nicht vergessen wurden, sondern noch am »Physikunterricht für zukünftige Nobelpreisträger« teilnehmen. Jimmy Blue sitzt an einem Tisch und kritzelt wild auf einem Blatt Papier herum.

Ich frage: »Na, Kind, was machst du denn da Schönes?«

Jimmi Blue fragt, ob ich wisse, was Stochastik sei.

Ich versuche, einen Witz zu machen, und sage: »Das ist, wenn der Storch Stress hat und das Bündel Kind in die falsche Familie fallen lässt. Da ist Storch hastig.«

Das Kind guckt mich böse an und sagt: »Nein, damit kann ich berechnen, wie hoch die Wahrscheinlichkeit ist, dass du mit deinem IQ das dreißigste Lebensjahr erreichst.«

Ich sage: »Um die Wahrscheinlichkeit auszurechnen, ob du dein fünftes Lebensjahr erreichst, brauche ich keine Stochastik.«

Jetzt guckt mich die Kindergärtnerin böse an.

Ich sage zu Jimmy Blue, er solle schnell seine Sachen zusammenpacken, er müsse gleich zum Geigenunterricht. Die Kindergärtnerin legt mir zwingend ans Herz, im Flur zu warten. Ich gehe in den Flur und packe schon mal seine Jacke ein. Dabei fallen mir die Namensschilder an den Jackenhaken auf, und plötzlich bin ich froh, dass meine Schwester ihren Sohn Jimmy Blue genannt hat.

Nach zehn Minuten ist er immer noch nicht da. Völlig genervt gehe ich in den Raum zurück und packe mir das trödelnde Kind. Als wir beim Geigenunterricht ankommen, drehe ich mich zur Rückbank um und bemerke, dass ich zwar die richtige Jacke mitgenommen habe, aber das falsche Kind.

Ich frage: »Wer, bitte, bist du denn?«

Es sagt: »Ich bin Brian.«

Ich sage: »Steig aus, Brian, und geh zum Geigenunterricht. Ist immerhin schon bezahlt.«

Der Vierjährige beschimpft mich auf Mandarin-Chinesisch und steigt dann aus.

Ich fahre zurück zum Kindergarten, besteche die Kindergärtnerin, damit sie meiner Schwester nichts davon erzählt, und fahre mit Jimmy Blue nach Hause.

Auf seinem Tagesplaner steht als Nächstes »Lernfeld: Erfindungen, die die Welt veränderten.«

Ich nehme einen Film aus dem Schrank, bei dem ich denke, dass er vielleicht keine Welt verändernde Erfindung ist, aber zumindest eine gute.

Ich sage: »Guck mal, was der liebe Onkel Til Schweiger erfunden hat. Den süßen Kein-Ohr-Hasen!«

Jimmi Blue sagt: »Til Schweiger hat den Kein-Ohr-Hasen nicht erfunden, das war Hiroshima.«

Ich frage ihn: »Woher kennst du denn Hiroshima?«

Er fragt: »Kennst du das denn nicht?«

Ich sage: »Doch, aber woher kennst du das denn?«

Er schreit, das sei Allgemeinbildung.

Kurzzeitig habe ich das Gefühl, dass ein Leuchten in seinen Augen aufflammt, und fühle mich wie im Dorf der Verdammten und habe das Bedürfnis, mich vor ein Auto zu werfen, durch eine Fensterscheibe zu springen oder mir die Stadt von einem Hochhausdach aus anzusehen. Es ist, als würde er in mir bis jetzt unbekannte Gefühle hervorrufen, und damit meine ich nicht Mutterliebe.

Es klingelt an der Tür, und Jimmy Blue sagt: »Es ist exakt 17.25 Uhr. Es ist Frau Mutter.«

Erleichtert öffne ich meiner Schwester die Tür. Sie fragt, ob Jimmy Blue denn nicht alle seine Kurse gemacht hätte, er wirke total unterfordert. Er habe wieder dieses Augenlidflattern. Das hätte sie genau gesehen.

Ich sage, doch, er hätte alle Kurse gemacht, außer den Geigenunterricht, da hätte ich einen gewissen Brian hingefahren. Aber ganz ehrlich, diese Kinder heutzutage seien ja jetzt schon schlauer als der erwachsene Rest der Welt. Wo das denn noch hinführen solle?

Sie sagt: »Zu einer besseren Welt!«

Ich sage: »Das halte ich für ein Gerücht.«

Bevor sie geht, erkundigt sie sich nach meinem Sterilisationstermin. Ich sei ja immer so verwirrt und durchschnittlich, und auf die Weise könne ich ja meinen Teil zu einer besseren Welt auch noch beitragen.

Ich nicke, dann verabschiede ich sie schnell und rufe gleich meinen Arzt an. Ich sage ihm, ich möchte meinen Sterilisationstermin umtauschen in eine Eizellenspende, ich hätte da noch so 'nen Groupon-Gutschein, denn ich müsse die Welt retten mit all meiner Durchschnittlichkeit.

Ich habe keine Kinder, aber die Welt wird meine Kinder haben, mit kleinen, klebrigen Fingern, schlechten Zensuren und massiven Defiziten in der Allgemeinbildung, aber sie werden glücklich sein. Glücklich, und eine glückliche, durchschnittliche Welt in ihren kleinen, klebrigen Kinderhänden halten. Das ist mein Beitrag zu einer besseren Welt.

Die Autorinnen und Autoren
sowie bibliografische Notizen

Christian Bartel lebt als freier Autor in Bonn und interessiert sich für Komik und Verzweiflung. Er ist Mitglied dreier Lese-bühnen und schreibt für die »Wahrheit«-Seite der *taz*. Bei Satyr erschien von ihm zuletzt sein zweiter Geschichtenband »Grund-kurs Weltherschaft«.

Michael Bittner lebt in Berlin. Er ist Autor der Dresdner Lesebüh-ne »Sax Royal«. Im Herbst 2013 erscheint sein Buch »Wir trainie-ren für den Kapitalismus« mit ausgewählten Satiren und Essays in der edition AZUR. www.michaelbittner.info

Daniela Böhle hat zwei Kinder und lebt und arbeitet in Berlin. Sie schreibt Hörspiele, Geschichten und Medizinisches. Bei Satyr ist von ihr der Band »Amokanrufbeantworter« erschienen.

Hazel Brugger wurde unter kalifornischer Badewettersonne ge-boren, biss sich anschliessend selbst die Nabelschnur durch und wurde sogleich in die Schweiz exportiert. Heute schreibt sie Texte für Bühnen, Druck und Radio und tritt damit öfter, als ihr lieb ist, im deutschsprachigen Raum auf.

Kirsten Fuchs, Jahrgang 1977, Berliner Autorin, mehrere Buch-veröffentlichungen bei rowohlt Berlin und Voland & Quist. Mit-glied bei der »Chaussee der Enthusiasten«. www.kirsten-fuchs.de

Jakob Hein, geboren 1971, lebt mit seiner Familie in Berlin. Seit 1998 Mitglied der »Reformbühne Heim & Welt«. Zahlreiche Veröffentlichungen, keine Preise, keine Stipendien, keine Wettbewerbe. Schreibt für die *Berliner Zeitung* die Reihe »Sichere Eigentore in der Kindererziehung«. www.jakobhein.de

André Herrmann, studierter Politikwissenschaftler, liest bei der Leipziger Lesebühne »Schkeuditzer Kreuz« und ist Teil des zweifachen Poetry-Slam-Meisterteams »Team Totale Zerstörung«. Viele Slamsiege, einige Veröffentlichungen, ein Preis, kein Buch. www.andreherrmann.de

Björn Högsdal, geb. 1975, nach Kindheit am Bodensee zu einem zugezogenen Kieler Lokalpatrioten geworden. Autor, Slam-Poet und -Veranstalter und zweifacher Vater. Unzählige Siege bei Poetry Slams, Radio- und TV-Auftritte (WDR, Satı-Comedy), Veröffentlichungen in *Titanic* und Anthologien, 2010 Solodebüt: »Hätte ich Deutsch auf Lehramt studiert, wäre das nicht passiert« (Lektora).

Jess Jochimsen lebt als Autor, Kabarettist und Fotograf in Freiburg. Seine Bücher erscheinen im Deutschen Taschenbuchverlag. www.jessjochimsen.de
Der hier abgedruckte Text findet sich in veränderter Form in: Jess Jochimsen: »Krieg ich schulfrei, wenn du stirbst? Geschichten von einem chaotischen Grundschüler und seinem Rabenvater« (München: 2012). Mit freundlicher Genehmigung von dtv.

Marc-Uwe Kling schreibt Geschichten und Lieder und hat eine Website: www.marcuwekling.de

Achim Leufker (Acho), 1961 in Rheine geboren, arbeitet als Immobilienmakler und ist seit 2009 auf Poetry-Slam- und Lesebühnen aktiv. Er ist verheiratet, lebt in Rheine und hat (wie könnte es anders sein?) eine Tochter.

Mieze Medusa lebt in Wien und fährt oft Zug. Aktiv als Slammerin, Rapperin, Autorin und Herausgeberin. Seit 2004 Gastgeberin des »textstrom Poetry Slams« in Wien. Zahlreiche Auftritte und Veröffentlichungen mit der Band »mieze medusa & tenderboy«. Aktuelle Veröffentlichung: »Ping Pong Poetry – die neuen besten Slamtexte«. www.miezemedusa.com

Jacinta Nandi wurde 1980 in Ost-London geboren und kam mit zwanzig nach Berlin. Sie schreibt den »Amok-Mama«-Blog für das englischsprachige Stadtmagazin *Exberliner*. Darüber hinaus ist sie Mitglied der Lesebühnen »Rakete 2000« und »Surfpoeten«. 2011 erschien ihr erstes Buch bei Periplaneta: »Deutsch werden: Why German people love playing frisbee with their nana naked«.

Anselm Neft, geboren 1973, schreibt in Bonn vor sich hin. Letzte Veröffentlichung: der Roman »Hell« (Satyr Verlag).

Jochen Reinecke arbeitet als Autor, Journalist und Rätselentwickler und lebt in Berlin. Seine Tochter spaziert inzwischen deutlich schneller, als in seiner Geschichte geschildert.

Matthias Reuter, 1976 in Oberhausen-Sterkrade geboren. Kabarettist, Comiczeichner und Klavierspieler. www.matthiasreuter.de

Christian Ritter ist vor allem als schnodderiger Moderator seiner Poetry Slams in Würzburg und Bamberg bekannt. Nebenbei liest er überall Geschichten vor, wo Deutsch gesprochen wird und es Freibier gibt, und schreibt Romane und Kurzgeschichtenbücher. Zuletzt erschienen: »Geschlechtsverkehr: Eine Einführung« (Unsichtbar Verlag). www.büscharei.de

Patrick Salmen ist Lyrik- und Prosaautor, Bühnenliterat und Lese-Kabarettist. 2010 wurde er deutschsprachiger Meister im Poetry Slam. Er lebt und arbeitet in Dortmund. Zuletzt erschien von ihm »Tabakblätter und Fallschirmspringer« (Lektora, Paderborn: 2012)

Sabrina Schauer, seit 2009 erfolgreich auf deutschen Poetry-Slam-Bühnen unterwegs, Hamburger Vizestadtmeisterin und

Dritte beim NRW-Slam 2010. In »Löffelweise Alltagsscheiße«, Marianne Leim Verlag, erzählt sie ein bisschen über Liebe & potenzielle Menschen zum (Ent-)Lieben. www.sabrinaschauer.com

Dagmar Schönleber schreibt, singt und spricht überall, wo man sie lässt, und ist beheimatet in Köln. www.dagmarschoenleber.de

Xóchil A. Schütz, geboren 1975, ist Autorin und Slam-Poetin. Sie veröffentlichte u.a. Gedichte, Kurzgeschichten, ein Hörspiel sowie einen Roman. Mehr Infos unter www.xochillen.de

Jörg Schwedler ist seit fast zehn Jahren beim Poetry Slam zu finden und Mitbegründer der Hamburger Lesebühne »LÄNGS«. Dort traktiert er das Publikum mit Satire, Alltagsgeschichten, satirischen Alltagsgeschichten oder alltäglichen Satiregeschichten. So genau weiß das keiner. www.der-joerch.de

Sebastian 23 wurde geboren und hat später in Freiburg Philosophie studiert. Er schreibt, weil er sonst nichts kann. Trotzdem hat er die beste Frau und den besten Sohn der Welt.

Andy Strauß hat sich mit 32 Jahren einmal selbst in die Babyklappe geworfen, in der Hoffnung, eine nette Familie kennenzulernen. Hat nicht geklappt. Dafür schrieb er aber immerhin hier in diesem Buch mit. Ansonsten: www.establishmensch.de

Lea Streisand lebt in Berlin, schreibt für die *taz* und liest bei der Lesebühne »Rakete 2000« und ansonsten auf Lesebühnen und Poetry Slams in Deutschland, Österreich und der Schweiz. Ihr neuestes Buch heißt »Berlin ist eine Dorfkneipe« (Periplaneta).

Volker Surmann lebt seit 2002 als Exilostwestfale in Ostberlin. Er schreibt Bücher und verlegt andere, trägt Texte öffentlich vor auf Poetry Slams oder bei der Lesebühne »Brauseboys« und arbeitet zudem für *Titanic*, das Kabarett »Stachelschweine« und das queere Hauptstadtmagazin *Siegessäule*. www.volkersurmann.de

Udo Tiffert, Jahrgang 1963, ist Lausitzer und Mitglied der »Lesebühne Cottbus« sowie der Lesebühne »Grubenhund« in Görlitz.

Johanna Wack lebt mit ihrer Tochter in Hamburg. Sie ist Ökotrophologin und Autorin. 2008 gewann sie den Publikumspreis beim »Open Mike« Berlin und wurde Dritte bei den deutschsprachigen Poetry-Slam-Meisterschaften. Veröffentlichungen in Anthologien, Tagespresse sowie Funk und Fernsehen. www.johannawack.de

Ralph Weibel lebt als Radio-Journalist und Autor in St. Gallen. Er ist Mitbegründer der Lesebühne »Tatwort«. Seit über sechs Jahren liest er in der *August-Bar* monatlich unter dem Motto: »Das Leben ist zu kurz für lange Geschichten«.

Michael-André Werner, Ende der 1960er in Berlin geboren, kinderlos. Romancier, Tierfreund und Mitglied der Berliner Lesebühne »Die Brutusmörder«. Auszeichnungen: Walter-Serner-Preis, Reinheimer Satirelöwe. Veröffentlichungen: »Schwarzfahrer« (Roman, 2003), »Ansichten eines Klaus« (Roman, 2012). www.michael-andre-werner.de

Heiko Werning (geboren in Münster, lebhaft im Berliner Wedding) ist Reptilienforscher aus Berufung, Froschbeschützer aus Notwendigkeit, Schriftsteller aus Gründen und Liedermacher aus Leidenschaft. Zahlreiche Nachzuchterfolge mit seinen Leguanen und seiner Frau. Letzte Geschichtensammlung: »Schlimme Nächte« (Edition Tiamat: 2012).

Torsten Wolff schreibt meist lustige, oft ernste und manchmal lyrische Texte. Er mag Kinder, obwohl er mal Lehrer war. Sein Buch »Würde ist ein Konjunktiv« ist im März 2012 im Blaulicht Verlag erschienen. Im Internet findet man ihn unter www.slampoet.de.

Liefka Würdemann ist eine dramatische Figur. In ihren Texten verarbeitet sie ausschließlich sich selbst und schreibt auch sonst nicht zu ihrem Vergnügen. Außerdem ist sie Mitglied bei der Hamburger Lesebühne »LÄNGS«.